Les enquêtes du Samovar

MEURTRE AU MAJESTIC

MARIE BERTHERAT

Les enquêtes du Samovar

MEURTRE AU MAJESTIC

EDITIONS FLEURUS

Éditions Fleurus, 15/27, rue Moussorgski - 75018 Paris

Le Samovar

Samedi 10 décembre, 13 h 55

Les bras chargés de branches de sapin, Lou Kerval poussa la porte du *Samovar* et laissa tomber sa cargaison sur le sol de la boutique.

– Qu'est-ce que c'est que ça ? grogna Constantin, jetant un œil méfiant sur le tas de branchages.

– C'est pour les décorations de Noël, expliqua la jeune fille en retirant sa veste. Stan vient de les couper dans la forêt des Dunes.

Sous sa doudoune dorée, elle portait un pull jaune et noir à rayures et un pantalon orange. Constantin Pitakof dissimula un sourire en coin, sa nièce avait l'air d'une abeille déguisée en écureuil ! Mais, depuis le temps, il était habitué à ce qu'il appelait ses délires vestimentaires.

Lou s'accroupit et farfouilla un instant dans la brassée de branchages. Elle choisit une belle ramille d'un vert brillant et la fourra sous le nez de son oncle.

– Ferme les yeux et sens-moi ça, dit-elle d'un air réjoui.

– Ouille, ça pique ! s'écria Constantin en frottant sa moustache. Elles sont dangereuses, Lou, tes décorations de Noël. Qu'est-ce que tu comptes en faire exactement ?

Au lieu de répondre, Lou se lança dans une petite danse joyeuse entre les meubles et les objets anciens encombrant le magasin d'antiquités. Son oncle l'attrapa au vol.

– Arrête un peu, tu me donnes le tournis. Explique-moi plutôt ton projet.

– Je vais en semer un peu partout, fit Lou. Tu vas voir, ce sera si beau que les clients vont défiler !

Constantin émit un grognement, sa nièce était bien optimiste ! Quelques branches de sapin ne changeraient rien à l'affaire. Le *Samovar* était une petite boutique cachée au fond d'une ruelle du Vieux Port, et les clients se faisaient rares en toutes saisons. Cela ne le dérangeait pas, au contraire. Il détestait vendre ! Acheter l'amusait beaucoup plus. Il adorait fouiller les malles et les greniers de Port d'Amar avec Lou et son ami Stanislas O'Connor, à la recherche du vieux bouquin ou du bibelot ancien qu'il exposerait dans son magasin.

Lou se mit au travail, répandant ses guirlandes vertes dans toute la boutique. Il y en eut bientôt partout. Satisfaite de sa décoration, elle se tourna vers Constantin :

– Alors, qu'est-ce que tu en dis ?

– Formidable ! On dirait une tenue de camouflage, déclara-t-il en partant d'un grand rire qui secoua ses larges épaules.

Lou plissa le nez qu'elle avait légèrement retroussé et semé de taches de rousseur.

– Tu trouves ? J'en ai mis trop ?

– Pas du tout, on se croirait dans la forêt de la Grande Russie !

– OK, j'ai compris, tu trouves qu'il y en a trop. Attends, je vais sortir pour voir ce que ça donne vu de dehors.

S'approchant de la porte d'entrée, elle s'aperçut que de gros flocons s'étaient mis à tomber.

– Oh mais regarde ça ! C'est génial, il neige ! s'exclama-t-elle, ravie.

– Ah, enfin un vrai temps de Noël, apprécia Constantin.

C'est alors qu'ils virent l'homme planté devant la vitrine, à l'extérieur du magasin. De taille moyenne, plutôt mince, son visage était à moitié dissimulé sous un chapeau à large bord.

– Je te parie que le petit miroir à manche d'ivoire lui plaît, chuchota Lou.

– Il va être déçu, il n'est pas à vendre. Je veux l'offrir à ta mère pour Noël, décréta Constantin.

– Tss... Bien sûr que non ! Je crois que ce miroir est ensorcelé, profitons-en pour nous en débarrasser !

Le carillon à trois notes montantes se déclencha : l'homme avait poussé la porte du *Samovar.*

– Puis-je vous aider ? proposa Lou.

L'homme ne répondit pas. Lui tournant le dos, il se pencha vers le miroir exposé dans la vitrine. Lou en profita pour l'observer. Il avait un drôle de look avec son chapeau d'explorateur couvert de neige. Il portait une veste de cuir, un pantalon de toile beige et de grosses chaussures de marche. On aurait dit Indiana Jones, le héros du film de Steven Spielberg.

– Combien ? demanda-t-il, pointant son index vers le miroir.

Lou fit un clin d'œil à son oncle, elle avait gagné son pari !

– Il n'est pas à vendre, marmonna Constantin, forçant volontairement l'accent russe dont il n'avait jamais réussi à se débarrasser, bien qu'il vécût à Port d'Amar depuis plus de trente ans.

L'homme fit volte-face :

– Il me le faut, déclara-t-il en plongeant son regard clair et froid dans celui de l'antiquaire.

– Impossible, répliqua Constantin.

Lou pensa à deux bêtes sauvages évaluant leurs forces respectives. Son oncle, qui mesurait près de deux mètres de haut pour cent dix kilos, était bien plus imposant, mais l'autre avait l'air hargneux comme un bouledogue. Elle prit le petit objet rond à manche d'ivoire et l'approcha d'une lampe. Dans la lumière, il se mit à briller de mille feux. Elle récita la formule magique du conte de Blanche Neige :

– Miroir, mon beau miroir, dis-moi qui est la plus belle…

L'inconnu regarda le miroir d'un air sévère, puis la fille, et à nouveau le miroir.

Lou fit la moue :

– Bizarre, il refuse de me répondre.

Elle posa alors l'objet dans les mains de l'homme.

– Essayez, vous aurez peut-être plus de chance.

L'homme lui jeta un regard torve.

– Je vous en propose trente euros, lâcha-t-il.

– Je crois que vous sous-estimez sa valeur. Il en vaut le double, répliqua Lou.

– Quarante euros, pas un centime de plus !

– Cinquante !

– Quarante-cinq.

– Marché conclu ! déclara la jeune fille, tapant trois coups sur le comptoir comme on le fait aux enchères pour sceller une vente.

Constantin, écœuré, se laissa tomber dans son fauteuil : il faudrait qu'il trouve une autre idée pour le Noël de sa sœur Véra.

– Je vous l'emballe, c'est pour offrir ? demanda Lou.

L'homme fit signe que oui.

– Cadeau d'adieu, précisa-t-il.

« Un cadeau d'adieu, quelle drôle d'idée ! » pensa Lou, empaquetant l'objet dans un papier rouge semé d'étoiles dorées. À qui donc allait-il l'offrir ce miroir d'adieu ?

L'individu sortit de sa poche plusieurs billets qu'il plaqua sur le comptoir :

– Vous me le livrerez au *Majestic* en fin d'après-midi. Demandez Raoul Vauthier. Vous avez sûrement entendu parler de moi ?

Lou secoua la tête, ce nom lui était inconnu.

– Je suis archéologue ! annonça-t-il avec arrogance.

– On ne fait pas les livraisons, grogna Constantin, mécontent.

– Vous ferez une exception pour Raoul Vauthier !

Lou le regarda. Il avait un sacré toupet ! Mais après tout, c'était l'occasion de visiter le *Majestic*. Le vieux palace avait la réputation d'être le plus bel hôtel de Port d'Amar et même de toute la côte.

– On viendra après la fermeture du magasin, dit-elle.

Raoul Vauthier hocha la tête et sortit.

– Sale type ! conclut Constantin, repoussant la porte du *Samovar* derrière lui.

– Bien d'accord avec toi. Mais on en profitera pour boire un coup au bar de l'hôtel, il paraît qu'ils font un cocktail super à base de lait de noix de coco. On peut le demander sans alcool.

– Ah bon ? Qui t'a dit ça ?

– Mme Rose, elle avait un soupirant qui l'y emmenait quand elle travaillait au cirque Bruss. Au fait, d'où il vient ce miroir de sorcière ?

– C'est une vieille dame qui me l'a donné la semaine dernière pour me remercier d'avoir retrouvé son chat.

Lou arrondit ses yeux noisette.

– Tu ne m'as pas parlé de cette histoire ! Où était passé le chat ?

– Dans la cabane à outils de son voisin. Il l'avait enfermé exprès !

Lou sourit.

– Je vois, tu as connu pire comme enquête !

– Ne crois pas ça, c'était un siamois hargneux. Il avait des griffes comme un tigre et des crocs comme un lion. J'ai eu un mal de chien à l'attraper.

Lou s'approcha de son oncle et l'enlaça tendrement. Il était si large qu'elle arrivait à peine à faire le tour de sa taille.

– Pauvre Constantin. Ça t'apprendra à enquêter tout seul dans ton coin.

– Tu sais, je n'ai pas eu besoin de toi pour résoudre bon nombre d'affaires criminelles quand j'étais dans la police, grommela son oncle.

Lou se leva sur la pointe des pieds et déposa un baiser sur la joue mal rasée. Elle le savait bien, Constantin Pitakof avait été douze années durant le brillant capitaine du commissariat de Port d'Amar. Mais maintenant, il avait pris sa retraite et c'est avec elle et Stan qu'il faisait la chasse aux malfaiteurs.

À travers la vitrine, ils regardèrent leur client patiner sur la neige au milieu d'un tourbillon de flocons.

– On dirait qu'il va vers le port, remarqua Constantin en le voyant se diriger vers le quai où étaient amarrés les paquebots.

– Il devrait faire attention : avec la neige, les appontements sont glissants comme du savon. Imagine qu'il se casse la figure, il coulera à pic dans l'eau glacée, s'exclama Lou.

– Ce n'est pas grave, je prendrai l'épuisette et on ira le repêcher !

Ils éclatèrent de rire : c'était le genre de blagues stupides qu'ils adoraient l'un et l'autre.

Embarcadère du port

Samedi 10 décembre, 14 h 05

Emmitouflée dans son manteau de fourrure en loup blanc de Sibérie, l'épouse de Raoul Vauthier piétinait sous la neige. Elle regrettait d'avoir enfilé ces petites chaussures à bout étroit : elle avait les pieds gelés. Elle aurait dû mettre les bottes en peau de lapin qui ne la quittaient jamais quand elle vivait là-haut, dans le Grand Nord, au pays du père Noël. La jeune femme serait bien rentrée se réchauffer à l'hôtel *Majestic*, mais elle avait rendez-vous avec son mari sur le port, à quatorze heures, devant le *Stockholm*. Il lui avait acheté une place sur le paquebot qui devait larguer les amarres le lendemain après-midi en direction de la Suède.

Ingrid Vauthier contempla l'immense coque blanche du splendide navire de croisière et l'imagina remontant la mer du Nord jusqu'à la glaciale Baltique. Elle pensa brusquement à sa grand-mère Greta qui se roulait toute nue dans la neige, et elle partit d'un grand rire qui cessa aussi brusquement qu'il était venu. Depuis longtemps, les rires d'Ingrid n'étaient que des éclats, coupants comme du verre.

Elle regarda sa montre sertie de minuscules diamants.

– Quatorze heures quinze, soupira-t-elle.

Son mari était en retard, une fois de plus ! Jamais il ne changerait. Raoul n'était pas celui qu'elle avait cru en l'épousant. Dire que dix ans auparavant, elle avait succombé à son charme. Elle l'avait pris pour une sorte d'Indiana Jones !

Soudain, un homme fonça sur elle, glissant sur le bitume tapissé de neige.

– Bon sang, Raoul ! hurla Ingrid. Tu ne peux pas faire un peu attention !

– Désolé, chérie, maudite neige... s'excusa-t-il, saisissant le bras de son épouse.

– À cause de toi, je suis gelée !

– Je suis vraiment désolé, répéta-t-il, détournant son regard pour en dissimuler l'expression.

Il en avait plus qu'assez des jérémiades de sa femme. Il était temps de la renvoyer dans son pays. Elle était bien naïve, elle croyait qu'il allait la rejoindre d'ici deux mois. Plutôt mourir ! Il n'avait plus besoin d'elle à présent. À partir de maintenant, il allait changer de vie. Tout était prévu, organisé, minuté. Il allait même prendre un autre nom, c'était plus prudent. Son avocat l'aiderait. L'homme de loi avait exigé beaucoup d'argent en échange, mais quelle importance ! De l'argent, il en avait et il en attendait encore.

Raoul Vauthier ajusta son chapeau d'explorateur, ce fameux chapeau qu'il portait depuis plus de vingt ans, et se tourna vers le *Stockholm* à quai.

– Tu vois, c'est un grand navire très sûr. Des milliers de passagers sont montés dessus et personne ne s'est jamais plaint d'avoir coulé, expliqua-t-il comme il l'aurait fait à un enfant de cinq ans.

Hôtel Majestic

Samedi 10 décembre, 18 h 32

Le *Majestic* était un établissement de catégorie grand luxe qui avait récemment subi une terrible vexation : l'une des quatre étoiles décernées par le Guide Lotus venait de lui être retirée. L'argument avancé par la commission était sans appel : grave défaut dans la robinetterie. Dans son rapport, l'inspecteur s'était permis d'ironiser, écrivant : *Les robinets de vos salles de bains grincent et couinent comme des chats dont les pattes seraient coincées dans une porte.* La cruelle déception consécutive à la perte de l'étoile avait coûté à Bernard Fanchon, propriétaire de l'hôtel, ses derniers cheveux. En une seule nuit, les quelques poils encore rattachés à l'arrière de son crâne étaient restés sur son oreiller.

Bernard était le huitième Fanchon à diriger le *Majestic.* Le premier du nom, fondateur de l'établissement, avait lui-même dessiné les plans de l'hôtel cent trente-deux ans auparavant. L'édifice, bâti en bord de mer, ressemblait, selon les guides de la région, à un manoir mâtiné de palais italien. Autrement dit, un rectangle flanqué de deux tours rondes, une façade recouverte de galets gris et des galeries extérieures vitrées courant autour des étages supérieurs.

L'ensemble avait beaucoup de charme et c'était en général au *Majestic* que l'on descendait lorsque l'on était en visite à Port d'Amar. À condition toutefois d'en avoir les moyens, ce qui était le cas du riche archéologue Raoul Vauthier dont la chambre portait le numéro 28.

C'est ce même numéro que le concierge du *Majestic*, un homme au menton pointu et aux yeux à fleur de tête, appela à la demande de Constantin Pitakof. Il laissa sonner dix fois, puis raccrocha.

– Je suis désolé, ça ne répond pas. M. Vauthier est probablement sorti.

Ce n'était pas l'exacte vérité et le concierge le savait parfaitement : Raoul Vauthier venait de quitter l'hôtel. Seulement le directeur avait été formel : pas un mot à quiconque ! Les conditions du départ précipité de M. Vauthier n'étaient pas bonnes pour la réputation de l'établissement, déjà bien mise à mal par le délicat problème de la robinetterie.

– Nous avons un objet à lui remettre, insista Constantin, agitant le petit paquet emballé de papier rouge à étoiles.

– Il est peut-être ailleurs, quelque part dans l'hôtel ? suggéra Lou.

Le concierge jeta un coup d'œil dégoûté à la gamine au nez retroussé. Mâles ou femelles, il détestait les jeunes, ils posaient toujours trop de questions.

– Désolé, je ne peux rien pour vous, répéta-t-il en tournant nerveusement les pages du grand registre de l'hôtel.

L'oncle et la nièce haussèrent les épaules. Tant pis, Raoul Vauthier n'aurait qu'à prendre le miroir à la réception. Après tout, cela tombait bien, ils n'avaient pas vraiment envie de le revoir. Ils iraient boire leur cocktail à la noix de coco, feraient un tour dans l'hôtel, puis rentreraient chez eux.

Ils traversaient le gigantesque hall du *Majestic* en direction du bar lorsqu'une voix, dans leur dos, s'écria :

– Pitakof !

Constantin se retourna et reconnut sans peine le bedonnant lieutenant Leduc. Il avançait vers eux, balançant ses bras trop longs, léger défaut de fabrication qui lui valait l'aimable sobriquet de « Gibbon », du nom d'une espèce de singe des forêts asiatiques.

– Qu'est-ce que tu fais là ? demanda Constantin en serrant la main molle de son ancien collègue.

– Je viens pour un constat de décès... Un certain Raoul Vauthier.

Lou et Constantin sursautèrent. Quel curieux hasard ! L'archéologue aurait-il coulé à pic dans l'eau glacée du port ? Brrr... Ils espéraient bien que non.

– On le connaît, il vient de nous acheter un miroir ensorcelé, annonça Lou.

– Nous étions justement venus le lui apporter, continua Constantin.

Les yeux noirs de Leduc riboulèrent dans leurs orbites.

– Un miroir ensorcelé ?

– Mais non, on plaisante ! le rassura Constantin.

– Ce n'est peut-être pas exactement le moment, remarqua Leduc d'un air pincé.

– A-t-il été assassiné ? s'enquit Lou.

Leduc regarda le visage aux yeux noisette. Il connaissait la nièce de son ancien chef et désapprouvait totalement son intérêt pour les affaires criminelles. Pourquoi n'était-elle pas chez elle à travailler ?

– C'est probablement une crise cardiaque, dit-il en se tournant vers Constantin. On l'a trouvé au bar de l'hôtel, assis à une table. Personne n'a rien vu. Le corps vient de partir en ambulance. Tu veux voir où ça s'est passé ?

– Pourquoi pas ? fit Constantin. Ça t'intéresse, Lou ?

Évidemment que cela l'intéressait. Il le savait bien ! « C'est juste dommage que Stan ne soit pas là », pensa-t-elle en retirant son bonnet rose pour le ranger dans la poche de sa doudoune.

Bar de l'hôtel Majestic

Samedi 10 décembre, 18 h 41

Le bar était situé au premier étage. C'était une vaste pièce divisée en plusieurs alcôves où les clients pouvaient siroter leur verre en toute tranquillité.

Lou sortit discrètement de sa poche le carnet noir dont elle ne se séparait jamais et nota :

Petites lampes à abat-jour diffusant une lumière tamisée. Murs recouverts de boiseries sombres. Épaisse moquette à fleurs qui absorbe les bruits.

Elle faillit ajouter que, même si quelqu'un venait d'y trouver la mort, l'endroit gardait une apparence chaleureuse et confortable. Elle regrettait presque de ne pas pouvoir y goûter le cocktail à la noix de coco. Plus tard, peut-être...

Leduc s'approcha d'une table située au milieu du bar.

– C'est là qu'on l'a trouvé, annonça-t-il.

Constantin lissa sa moustache, la mort de Raoul Vauthier l'intriguait. L'homme lui avait semblé encore plutôt jeune et vigoureux. N'était-il pas étrange qu'il ait succombé à une crise cardiaque ?

– Dis, Leduc, ça t'embête si j'interroge les témoins ? demanda-t-il.

Le lieutenant fit la grimace : Pitakof était indécrottable ! Son ancien collègue avait beau avoir choisi une retraite anticipée, l'instinct du chasseur reprenait toujours le dessus. Oui, cela l'ennuyait un peu, car il avait hâte de rentrer chez lui pour regarder la retransmission du championnat de golf sur Canal-Sport. Seulement comment refuser ? Constantin avait été son chef et, pendant de longues années, s'était révélé le meilleur flic de Port d'Amar.

– Tu risques d'être déçu, il ne s'agit sûrement pas d'un meurtre, le prévint Leduc. Enfin, c'est comme tu veux. Mais ne dis rien qui puisse leur laisser croire que Vauthier a été assassiné. Je ne tiens pas à semer la pagaille au *Majestic.*

Constantin promit. Leduc s'approcha des clients rassemblés autour de l'une des tables et fit les présentations :

– M. Pitakof est l'ancien capitaine de police de Port d'Amar. Il souhaite vous poser quelques questions. Pure routine, ne vous inquiétez pas, précisa le lieutenant.

Ils étaient quatre. Une femme et trois hommes, silencieux, l'air choqué. Un monsieur un peu gros, au visage rond et pâle orné de lunettes à verre épais, tendit la main à Constantin :

– Docteur Josse, j'ai un cabinet en ville, place du Marché.

Il parlait lentement, en détachant bien tous ses mots. Son voisin, un jeune homme long et maigre, l'imita :

– Blai-Blaise Rafale, pro-professeur de dessin, dit-il avec un fort bégaiement.

« L'un qui articule comme un acteur de théâtre, l'autre qui bute sur les mots... Ces deux-là font la paire », ne put s'empêcher de penser Lou. Heureusement que Stan n'était pas là, ils auraient eu un fou rire.

La femme porta une main à sa gorge bronzée.

– Willie Scott ! chuchota-t-elle. Désolée, j'ai perdu ma voix. Cette neige ! Un coup de froid en arrivant à Port d'Amar. Si je peux vous aider, capitaine Pitakof...

Constantin sourit. Il n'était plus capitaine depuis longtemps, mais il ne protesta pas. Il se demanda d'où venait Willie Scott. Son nom et son accent paraissaient américains, mais elle semblait parler parfaitement le français.

– Fredo Rapo, continua le serveur, un garçon musclé au visage tranchant telle une lame de couteau. C'est moi qui l'ai trouvé. Il était vivant, après il était mort, mais vraiment on aurait dit qu'il était vivant. Il se tenait comme ça, droit comme un « i » dans son fauteuil.

Constantin lui demanda d'exposer les faits. Le serveur se racla la gorge.

– M. Vauthier avait terminé son whisky, commença-t-il. J'ai été voir s'il en voulait un autre, il m'a pas répondu. J'ai répété plus fort mais il bougeait pas, alors je me suis dit : « Il dort les yeux ouverts ! » J'ai mis ma main sur son épaule et il s'est écroulé. Là, je me suis dit : « Fredo, c'est pas normal ! » J'ai fait comme à la télévision, j'ai demandé s'il y avait un médecin dans la salle. Il y en avait un, conclut-il en poussant un grognement.

« Drôle de gars, pensa Constantin. Pas du tout le genre d'un hôtel de luxe. Comment s'est-il débrouillé pour se faire embaucher au *Majestic* ? » Puis il se tourna vers le docteur Josse :

– L'heure du décès, selon vous ?

Le médecin articula, l'air important :

– Il était six heures lorsque j'ai ausculté le cadavre. Étant donné son état, la mort remontait à moins d'une heure. Mais je vous le répète, il s'agit sans doute d'une crise cardiaque, le cadavre en avait tous les signes cliniques.

Lou reprit son petit carnet et écrivit :

R. Vauthier est décédé entre 17 et 18 h.
Qui était dans le bar à ce moment ?

Elle montra ses notes à son oncle. Il les lut, hocha la tête d'un air entendu et poursuivit l'interrogatoire :

– L'un d'entre vous connaissait-il la victime ?

L'un après l'autre, ils secouèrent la tête. La réponse était négative.

Constantin se tourna alors vers le serveur :

– Monsieur Rapo, avez-vous servi d'autres clients que les personnes ici présentes, entre dix-sept et dix-huit heures ?

– D'autres clients à ct'heure ? répéta Fredo. Ah, c'est que j'ai pas la montre incrustée dans la cervelle, moi ! Attendez… Primo : sa femme. Elle est arrivée avec son mari et puis elle est partie. Deuzio, deuzio…

Le docteur Josse soupira bruyamment :

– À quoi bon, à quoi bon toutes ces questions ? Vous nous faites perdre notre temps !

Mais Constantin fit semblant de ne pas l'entendre :

– Et qui d'autre, monsieur Rapo ? Qui d'autre avez-vous servi ? insista-t-il.

– Ça me revient : deuzio une jeune fille et tertio un vieux monsieur. Enfin c'est peut-être deuzio le vieux monsieur et tertio la jeune fille.

Lou griffonna :

Étaient présents mais ne sont plus là :
la femme de R. Vauthier (la veuve maintenant),
une jeune fille,
un vieux monsieur.

Constantin demanda au serveur si ces deux nouvelles personnes étaient ensemble. Fredo Rapo secoua énergiquement la tête :

– Négatif !

– Essayez de nous les décrire.

Fredo se gratta la tête. Ce n'était pas si facile de décrire les gens. Ils n'étaient pas restés longtemps. Blaise Rafale intervint :

– Si-si vous voulez, je peux-peux vous faire le portrait de l'homme, je l'ai très-très bien vu.

Constantin approuva : un bon dessin valait souvent toutes les descriptions.

Lou observa le professeur. Il avait du courage d'exercer un tel métier malgré son défaut de prononciation. Cela ne devait pas être facile tous les jours de donner des cours en bégayant. Les élèves adoraient tellement se moquer des défauts de leurs profs.

– Et la jeune fille ? Si vous nous faisiez aussi son portrait, monsieur Rafale ? continua Constantin.

– Non-on, elle, je-je ne l'ai pas re-remarquée, répondit le jeune homme en plongeant la main dans sa sacoche dont il sortit un bloc de papier blanc.

– Moi, je me souviens bien d'elle, annonça Willie Scott à voix basse. Elle n'avait pas plus de vingt ans. Petite avec les cheveux châtain clair. Timide, assez nerveuse. Elle portait un manteau noir trop grand pour elle.

Constantin la remercia, tous ces renseignements pourraient se révéler précieux. Le serveur se frappa le front :

– La fille, ça me revient, elle m'a commandé un Coca ! C'était une drôle d'idée par un froid pareil. D'ailleurs, elle y a même pas touché. Madame a raison, elle avait pas l'air dans son assiette. Elle arrêtait pas de remuer sur sa chaise.

– Et l'homme, que vous a-t-il commandé ? demanda Constantin.

Le serveur secoua sa tête d'oiseau.

– Rien ! fit-il. Il s'est assis à la table de M. Vauthier, mais il a rien bu. Faut dire qu'il est pas resté longtemps.

« Intéressant », pensa Constantin. Raoul Vauthier et l'inconnu avaient probablement rendez-vous. Une brève rencontre…

Willie Scott posa sa main sur le bras de Constantin et toussota légèrement. Il se tourna vers elle et remarqua sa peau mate et veloutée et ses cheveux très noirs. Quel âge pouvait-elle avoir ? C'était difficile à dire, mais sans doute pas plus de quarante ans. En tout cas, elle était fort séduisante. Elle chuchota :

– Je ne sais pas si cela peut vous être utile, mais je me souviens d'un détail à propos de cet homme, ce mystérieux monsieur X. Il transportait à la main une mallette noire en crocodile.

– Une mallette comme celle-ci ? intervint Lou, brandissant une petite valise cousue dans le cuir brillant et écaillé d'une peau de reptile.

– Tout à fait ! murmura Willie Scott en agrandissant d'étonnement ses yeux marron.

Constantin remarqua alors la fine cicatrice sous son œil droit, juste en haut de sa joue. Curieusement, ce détail ajoutait à son charme. Il glissa à l'oreille de sa nièce :

– D'où tu sors ça ?

– Elle était sous le fauteuil de Raoul Vauthier, expliqua la jeune fille.

Le lieutenant Paul Leduc serra les poings dans les poches de son pantalon de flanelle. Il regrettait de ne pas avoir pris le temps d'examiner les lieux en détail. C'était lui qui aurait dû mettre la main sur cette mallette et non la nièce de Pitakof ! S'emparant de l'objet, il déclara avec autorité :

– Pièce à conviction, interdiction d'y toucher !

– Pièce à conviction ? répéta le docteur Josse avec humeur. Lieutenant, cela suffit ! Cessez de nous interroger comme s'il y avait eu crime, c'est insultant à la fin. Vous ne pensez tout de même pas que l'un d'entre nous a tué cet homme ? Personne ne le connaissait !

Leduc se mordit les lèvres, il avait prononcé les mots qu'il ne fallait pas ! C'était la faute de Lou, elle l'avait énervé. Constantin aussi. Il posait bien trop de questions. Le docteur Josse avait raison, à force, on avait vraiment l'impression que Raoul Vauthier avait été assassiné. Pitakof voyait le crime partout. Pour lui, rien n'était jamais naturel, même la mort, surtout pas la mort. Mais il ne faisait plus partie de la police et tout allait retomber sur le dos de Leduc. Les clients du *Majestic* iraient se plaindre à M. Fanchon, ils diraient que la police les avait harcelés, tourmentés, maltraités. La presse s'emparerait de l'affaire… Rien que d'y penser, il était fatigué d'avance. Il fallait qu'il rattrape le coup et en douceur. Il prit sa voix mielleuse, celle qu'il utilisait quand il avait envie de casser quelque chose, mais ne voulait pas que cela se sache.

– Mais bien sûr, docteur, M. Vauthier est probablement décédé d'une crise cardiaque.

Cependant, il est essentiel pour nous de connaître les circonstances exactes de sa mort. Après tout, une crise cardiaque peut être causée par un fort choc émotionnel. M. Vauthier a pu voir ou entendre quelque chose qui l'a tellement troublé qu'il en est mort, cela arrive, vous savez. Si c'est le cas, il est important de le savoir. Cela ne voudra pas dire qu'il y a eu meurtre.

Satisfait de sa tirade, il se tourna vers Constantin, mais celui-ci n'était plus là. Lou l'avait entraîné vers la table du mort. Le lieutenant regarda avec inquiétude l'adolescente se pencher sous le fauteuil. Que cherchait-elle ? Une deuxième mallette ?

– Regarde, Constantin, une petite aiguille ! annonça Lou tout excitée en ouvrant son mouchoir. J'ai failli ne pas la voir, elle est si fine qu'elle se confondait presque avec la tige d'une fleur de la moquette. Tu penses que ça peut avoir un rapport avec la mort de Vauthier ?

Constantin Pitakof observa avec intérêt l'aiguillon, un peu plus court qu'une épingle de couturière, que sa nièce avait ramassé avec son mouchoir pour ne pas y laisser d'empreintes.

– Cela vaudrait la peine de la faire analyser par Grodeck, murmura-t-il au bout d'un moment.

Lou haussa les sourcils :

– Ton copain Grodeck ? Je croyais qu'il s'occupait d'étudier des cadavres pour savoir comment ils étaient morts.

– Oui, mais c'est aussi un grand spécialiste des poisons, expliqua Constantin.

– Tu penses que cette aiguille est empoisonnée ?

– Possible !

Lou réfléchit, imaginant la situation :

– Tu veux dire que ce serait l'arme du crime ? demanda-t-elle. Le meurtrier l'aurait plantée dans le corps de Vauthier ?

– Pourquoi pas ? fit Constantin. L'autopsie nous apprendra si l'archéologue a du poison dans les veines.

– Si c'est le cas, le coupable a forcément dû s'approcher de lui. Cela réduit la liste des suspects, tu ne penses pas ?

Constantin acquiesça.

– Ce serait intéressant de savoir qui est venu près de Raoul Vauthier, poursuivit-il. En dehors de sa femme et du mystérieux monsieur X, comme l'appelle la charmante Willie Scott.

– Ah, tu la trouves charmante ? s'exclama Lou, plissant ses yeux noisette. Fais attention, n'oublie pas qu'il ne faut jamais succomber au charme des témoins, c'est toi-même qui me l'as dit.

– Tu as raison ! Allez, donne l'aiguille au lieutenant, pour Grodeck.

Leduc glissa rageusement le mouchoir de Lou dans sa poche. La moutarde commençait à lui monter au nez. Pitakof y allait fort avec cette histoire de poison. N'importe qui aurait pu laisser tomber une aiguille sous le fauteuil, elle était si fine que cela faisait peut-être des jours qu'elle était là. Les aspirateurs n'étaient pas toujours capables d'avaler des objets aussi minuscules. Il était tout à fait possible qu'elle provienne d'un vêtement récemment recousu et dont on aurait oublié de retirer une dernière épingle. Si cela n'avait tenu qu'à lui, il aurait laissé l'aiguille là où elle était.

– Lieutenant ! Voi-voici le por-portrait de-de monsieur X, annonça Blaise Rafale.

Constantin jeta un œil sur le dessin par-dessus l'épaule de Leduc. Monsieur X y apparaissait comme un homme d'une soixantaine d'années, élégamment vêtu et coiffé avec soin. Il demanda à Blaise Rafale s'il avait remarqué quelqu'un s'approcher de Raoul Vauthier. Le visage du professeur se contracta. Il parut réfléchir intensément.

– La-la grande dame blonde qui-qui devait être sa femme et mon-monsieur X.

Puis il ajouta, après quelques instants d'hésitation :

– Le doc-docteur aussi quand il est allé aux toi-toilettes.

– Vous vous trompez ! s'écria le médecin, fusillant le jeune homme du regard. Je n'ai pas quitté ma table.

– Je-je suis sûr que si, répéta le professeur de dessin. Vous êtes allé aux toilettes, vous-vous ne vous rappelez pas ? C'était juste après avoir jou-jou-joué de la flûte.

– C'est quoi cette histoire de flûte ? interrogea Constantin, étonné.

– Le docteur Josse nous a of-offert un petit concert, fit Blaise Rafale.

Le médecin haussa les épaules :

– Oui et alors ? La flûte est ma passion. Si cela vous dérangeait, il fallait le dire !

Lou et Constantin échangèrent un regard perplexe. Le docteur Josse jouait de la flûte dans les bars ! C'était plutôt inattendu de sa part.

– Et vous, madame ? demanda Constantin à Willie Scott. Savez-vous qui s'est approché de la victime ?

Perdue dans ses pensées, la femme ne répondit pas. Elle avait la main serrée autour du pendentif en forme de serpent suspendu à son cou. Lou regarda attentivement son visage. Constantin avait raison, elle avait du charme et de la personnalité. Il répéta sa question.

– Oh, excusez-moi, murmura Willie Scott. Oui, le mystérieux monsieur X s'est assis à la table de M. Vauthier et j'ai cru voir la jeune fille au manteau noir s'approcher de lui et peut-être lui parler un bref instant. Mais vous savez, monsieur Pitakof, je crois que vous vous trompez. Personne ne peut avoir l'idée d'assassiner quelqu'un dans un bar devant plusieurs témoins. Ce serait pure folie !

Constantin hocha la tête sans répondre. L'étrangère maîtrisait bien leur langue, mais elle connaissait mal les hommes si elle pensait cela.

Pressé d'en finir, le lieutenant Leduc pria les témoins de vider leurs poches et leurs sacs sur la table.

– Nous allons relever leurs contenus. Nous prendrons également vos noms et adresses ainsi que vos empreintes digitales. Je vous demanderai de ne pas quitter la ville dans les prochaines quarante-huit heures sans nous en avertir.

C'était le genre de procédures réglementaires qu'un policier se devait de suivre en cas de mort, suspecte ou non. Aussitôt, Lou sortit son petit carnet et nota :

Blaise Rafale
22 ans, professeur de dessin
Adresse : 5, impasse des Acacias, Port d'Amar
En possession de : 1 carnet de feuilles à dessin, 1 boîte de fusains, 2 crayons noirs, 1 plume avec porte-plume, 1 briquet, 1 trousseau de clefs, 1 billet de 20 €, 1 chapeau de feutre à large bord et 1 paire de lunettes noires.
N'a pas quitté sa place.

Docteur Pierre Josse
40 ans, médecin
Adresse : 2, place du Marché, Port d'Amar
En possession de : 1 portefeuille contenant 10 €, 1 flûte à bec en plastique noir et blanc (c'est un instrument qui a l'air d'avoir beaucoup servi) et 2 trombones.
A joué de la flûte aux alentours de l'heure du crime et a quitté sa place pour aller aux toilettes. Après vérification, a forcément dû passer près de la table de Vauthier pour s'y rendre.

Willie Scott
38 ans
Résidant actuellement au Majestic
Adresse habituelle : San Cristobal de las Casas, Mexique (mais elle est américaine)
En possession de : 1 tube de rouge à lèvres

nuance rose, 1 tube de crème et 1 pochette en cuir vert sombre contenant un petit miroir rectangulaire et des pièces de monnaie.
N'a pas quitté sa place.

Frédéric Rapo, dit Fredo
28 ans, serveur au Majestic
Loge au Majestic, chambre sous les toits
En possession de : pièces de monnaie, stylo à bille (glissé derrière son oreille).

Trois autres suspects qui se sont tous les trois approchés de la victime :
Ingrid Vauthier, la veuve de la victime, grande, blonde.
Homme, environ 60 ans, voir portrait dessiné par Blaise Rafale.
Jeune femme, environ 20 ans, petite, cheveux châtains, timide, nerveuse (seule W. Scott croit l'avoir vue près de Vauthier).

Elle referma son carnet et le remit dans la poche intérieure de sa doudoune. Elle ne savait pas encore exactement à quoi tout cela lui servirait, mais elle avait déjà suffisamment d'expérience pour savoir que, dans une affaire criminelle, chaque détail, même le plus insignifiant, pouvait se révéler précieux. Parce que pour elle, il n'y avait pas de doute : Raoul

Vauthier avait été assassiné. Ne venait-il pas d'acheter le miroir ensorcelé ? ! Non, bien sûr, cela n'avait aucun rapport, se gronda Lou. Elle avait vraiment trop d'imagination !

Leduc enfila d'un air maussade le pardessus qu'il avait déposé sur une chaise du bar. Lou remarqua que les manches de sa gabardine lui arrivaient au-dessus du poignet. Cela ne devait pas être facile tous les jours de s'habiller quand on avait les bras si longs.

– Pauvre Gibbon ! chuchota Constantin, il devrait au moins faire rallonger ses vêtements.

– On pourrait proposer à Mme Rose de s'en occuper.

– Bonne idée ! répondit son oncle, emboîtant le pas au lieutenant Leduc.

Ils rejoignirent tous les trois le hall. Le directeur du *Majestic* les attendait en polissant nerveusement son crâne chauve et brillant.

– Ah, quel malheur ! se lamenta-t-il en avançant à leur rencontre. Nous n'avions pas besoin d'une telle publicité. Les morts n'attirent pas la clientèle.

Constantin se présenta et lui demanda ce qu'il savait sur Raoul Vauthier.

– Pas grand-chose. Ce n'est pas un habitué. Il n'est arrivé qu'hier soir. Dire que sa femme n'est toujours pas de retour. Comment vais-je lui annoncer la nouvelle ?

– Où est-elle ? interrogea Constantin.

– Est-ce que je sais, moi ! Je ne suis pas mes clients à la trace !

– Bah... Elle finira bien par revenir, bougonna Leduc en regardant sa montre.

S'il se dépêchait, il pourrait attraper la fin du championnat de golf. Constantin et Lou échangèrent un regard complice. Leduc ne s'améliorait pas ! La veuve de Raoul Vauthier était pourtant sur la liste des témoins et s'il y avait crime, elle était même sur celle des suspects. N'était-elle pas sur les lieux à l'heure probable du décès ?

– Tu pourrais peut-être lancer quelqu'un à sa recherche, au cas où, suggéra Constantin.

– Au cas où, au cas où... Tu en as de bonnes, Pitakof, s'énerva Leduc. Je ne vais quand même pas rameuter tout le commissariat pour...

Puis, brusquement, se frappant le front, il s'écria : « La mallette, j'allais l'oublier ! » et se précipita vers le bar.

Lou donna un coup de coude à son oncle :

– Je me demandais s'il allait s'en souvenir !

– Moi aussi, fit Constantin. Dis-moi, tu ne l'aurais pas ouverte par hasard, cette mallette ?

Lou eut un petit sourire espiègle.

– Bien sûr que si, tu me connais ! Elle n'était même pas fermée à clef.

– Alors ? Que contenait-elle ?

– Des billets de banque bien rangés. Plus précisément des dollars américains.

– Il y en avait beaucoup ?

– Pas mal, la valise était pleine.

– Je vois. Il arrive que l'on tue pour moins que ça !

– Allez, tu viens Constantin, papa et maman nous attendent. Si on achetait une bouteille de champagne pour fêter leur départ ?

– Excellente idée et de la grenadine pour toi.

– De la grenadine ? Tu exagères, je n'ai plus dix ans ! protesta Lou.

– Peut-être, mais tu ne peux pas tout faire. Boire ou résoudre une affaire criminelle, il faut choisir.

– Et toi alors ?

– Moi, c'est pas pareil ! Tu le sais bien.

La Pasture

Samedi 10 décembre, 19 h 55

Antoine de Beaupied avait quitté en hâte le bar du *Majestic* pour rentrer chez lui. Le « chez lui » en question était un magnifique château situé à quelques kilomètres de Port d'Amar. Il avait prévenu ses domestiques qu'il ne voulait être dérangé sous aucun prétexte, et s'était enfermé dans son bureau.

Installé dans le meilleur fauteuil, il poussa un soupir de contentement et tendit la main vers le guéridon sur lequel son valet de chambre Isidore avait pris soin de disposer le plateau de son dîner. Il saisit le verre en cristal qui s'y trouvait et le porta à ses lèvres. Le château d'Yquem 1966 emplit sa bouche et y déroula son arôme délicieux. « Il n'y a pas de meilleur bordeaux au monde », songea-t-il en laissant le vin glisser doucement dans sa gorge.

Puis il reposa son verre, lissa sa moustache et passa sa main dans son épaisse chevelure blanche. Un sourire d'intense satisfaction éclaira son visage aux traits bien dessinés. Il n'y avait pas non plus meilleur coiffeur que Léonard. Il avait fait des merveilles avec ses cheveux, arrêtant complètement la calvitie qui le menaçait.

Le président-directeur général de la banque Beaupied & Beaupied regarda le feu qui crépitait dans la cheminée. Il aimait sa lumière, sa chaleur et sa délicate odeur de bois brûlé. Il n'y avait rien de plus beau. Rien à part…

Il se leva. Debout, il avait encore fière allure. Le dos droit, le menton et les joues fermes grâce à la chirurgie esthétique, il ne faisait pas ses soixante-dix ans. C'est à peine si on lui en donnait soixante. D'un pas élastique, entretenu par le ski, la gymnastique et Roberto, son masseur italien, il avança jusqu'au feu de bois. Elle était là, posée sur le manteau de la cheminée. Une pièce unique, exceptionnelle ! Une petite lampe à fin faisceau dirigeait sur elle sa lumière bleutée.

– Tu es à moi, murmura Antoine. À moi, rien qu'à moi !

La statuette de jade du serpent à plumes lui sourit. C'est en tout cas ce qu'Antoine de Beaupied pensa. Mais, évidemment, il ne devait en parler à personne. C'était son secret. Les objets sculptés par les Indiens, il y a plus de deux mille ans, étaient bien trop précieux pour être vendus ou achetés par des collectionneurs. Ils allaient directement dans les musées. Antoine de Beaupied le savait parfaitement, c'est pour cela qu'il avait accepté de laisser cinq cent mille dollars à l'archéologue. Ce que Raoul Vauthier ignorait – et ce qu'il ignorerait toujours –, c'est que le P.D.G. de la banque Beaupied & Beaupied était prêt à payer beaucoup plus pour obtenir la statuette du serpent à plumes. « Dix fois plus, cent fois plus », ricana Antoine en déposant un baiser, léger comme une aile de papillon, sur la tête de l'animal mythique.

Maison Jaune

Samedi 10 décembre, 20 h 15

– Regarde, maman a mis des bougies à toutes les fenêtres ! s'écria Lou, découvrant la maison familiale illuminée à travers la grille du jardin.

Son oncle sourit tendrement.

– Véra ne changera jamais ! Quand on était petits, en Russie, elle allumait des chandelles dans toutes les pièces. Ta grand-mère n'osait rien dire, mais elle était terrifiée à l'idée qu'un jour la maison s'enflamme. Elle avait toujours un grand seau d'eau dans la cuisine au cas où.

Ils traversèrent le jardin plongé dans l'obscurité, leurs pas crissant sur l'allée de gravier saupoudrée de neige. Sur la porte d'entrée de la grande maison peinte en jaune, une couronne de houx, enroulée de rubans dorés, annonçait Noël. Lou essuya ses bottines sur le paillasson et poussa la porte. Une délicieuse odeur de soupe flottait dans le vestibule.

– Je parie que Mme Rose nous a préparé son excellent bortsch, se réjouit Constantin.

C'est lui qui avait appris à la gouvernante à cuisiner à la russe, il avait passé des heures à lui montrer comment préparer les blinis, les pirojki, le koulibiac au saumon, la carpe à la crème. De ces leçons était née entre eux une certaine complicité teintée de tendresse.

L'oncle et la nièce retirèrent en hâte leurs manteaux humides et se précipitèrent dans la cuisine. C'est là que la famille avait l'habitude de prendre ses repas. L'endroit était vaste, chaleureux et peint en jaune soleil du sol au plafond comme toute la maison.

– Ah, vous voilà enfin ! Où étiez-vous passés ? s'écria Mme Rose en frottant ses mains sur son tablier.

C'était une petite femme boulotte aux yeux bleus tout ronds et au teint encore frais. Difficile cependant d'imaginer que vingt ans auparavant, elle avait été la trapéziste vedette du cirque Bruss.

– On a apporté du champagne pour se faire pardonner ! annonça Constantin en tendant la bouteille.

– Comme c'est gentil, mes chéris ! remercia Véra qui les avait rejoints.

Elle avait le même accent russe que Constantin et ne cherchait pas non plus à s'en défaire. Il faisait, disait-elle, partie de son charme. Elle embrassa sa fille et son frère et, d'un mouvement machinal, effaça les traces de rouge à lèvres qu'elle venait de laisser sur leurs joues. Puis elle se tourna vivement vers son mari :

– Chéri, tu ouvres la bouteille s'il te plaît ?

Jacques Kerval acheva, sans se presser, de disposer le tarama dans le plat rectangulaire. Contrairement à son épouse, le père de Lou était un homme doté d'un caractère calme et posé. Il aimait prendre son temps et ne faisait jamais rien dans la précipitation. Tandis qu'il ouvrait tranquillement la bouteille de champagne, Lou apporta les coupes.

– Trinquons au prochain voyage de Jacques et Véra ! lança Constantin en levant son verre.

– Sur quel océan naviguez-vous cette fois ? demanda Mme Rose.

– Nous remontons la mer du Nord jusqu'à la mer Baltique. N'est-ce pas merveilleux ? répondit Véra tout en faisant tinter sa coupe contre celle de son mari.

Les parents de Lou étaient musiciens et voyageurs. Ils faisaient partie d'un orchestre flottant qui se produisait sur les paquebots de croisière. Petite, Lou les avait suivis partout, apprenant la vie de la bouche des poissons, des passagers et des commandants de bord. Lorsqu'elle avait grandi, il avait fallu trouver une autre solution à cause de l'école. Constantin s'était donc installé dans la grande maison jaune et avait engagé Mme Rose, qui cherchait à se reconvertir, comme gouvernante.

Moby Dick déboula dans la cuisine et sauta sur la table. Lou le prit dans ses bras.

– Une petite goutte de champagne, Moby ? proposa-t-elle, déposant un peu de vin pétillant sur ses babines.

Le chat, un matou au poil noir et luisant, miaula de satisfaction.

– Pas mal, hein, le Veuve Clicquot ! murmura-t-elle en lui grattant le menton.

Jacques Kerval posa affectueusement sa main sur l'épaule de sa fille.

– Alors votre journée, les antiquaires ? Vous avez rempli la caisse du *Samovar* ? demanda-t-il.

Lou lança un clin d'œil discret à son oncle. Constantin comprit immédiatement le message.

– Bof, fit-il. Une journée sans histoire ! On a juste vendu un petit miroir.

Véra secoua la tête.

– Mes pauvres ! Vous ne vous ennuyez pas au milieu de tous ces vieux trucs qui sentent la poussière ?

– Non, on aime bien, pas vrai Lou ?

– Oh oui !

Jacques et Véra regardèrent leur fille en souriant. Bien sûr, sa passion pour le commerce des antiquités les surprenait un peu, mais puisqu'elle aimait cela, ils n'étaient pas contre. Jamais ils n'auraient soupçonné ce que Lou faisait en réalité de ses week-ends dans la boutique de son oncle. Les enquêtes du *Samovar* leur étaient parfaitement étrangères. Ni Lou ni Constantin ne leur parlaient de leur travail de détective.

– Vous m'excusez deux minutes, il faut que j'appelle Stan pour les devoirs, déclara Lou, s'éclipsant dans le vestibule.

Une fois seule, elle souleva le combiné du téléphone et composa le numéro de son ami.

– Allô Stan ? C'est moi ! chuchota-t-elle.

– Lou ? Je t'entends à peine, t'es où ?

– À la maison, mais je ne veux pas qu'on m'écoute. On est sur une nouvelle enquête, dit-elle en masquant l'appareil de sa main pour étouffer le son de sa voix.

– Raconte !

– Un meurtre au *Majestic* ! Un archéologue s'est fait assassiner au bar de l'hôtel cet après-midi. Il s'appelait Raoul Vauthier. Essaie de trouver des infos sur lui.

– D'accord. Je viens justement d'installer un nouveau logiciel sur mon ordinateur. Un truc ultra-perfectionné, tu ne peux pas imaginer !

Lou le croyait volontiers, son ami Stan était depuis toujours un génie de l'informatique. Il avait même été contacté par une société de renseignements qui voulait le recruter comme agent secret. Mais ses parents avaient été catégoriques : « Passe d'abord ton bac ! » Stan ne leur en avait pas voulu car il n'avait aucune envie de quitter Port d'Amar ni surtout Lou. Elle et lui étaient comme les deux doigts de la main. Ils avaient le même âge, à trois jours près, se connaissaient depuis qu'ils avaient six ans et s'aimaient autant qu'ils se chamaillaient.

Lou raccrocha et alla rejoindre sa famille. Ils avaient déjà mangé presque tout le tarama et la moitié des zakouski. Le repas continua dans la bonne humeur et se termina tard. Comme à chaque veille de départ des parents Kerval, on chanta et dansa jusque tard dans la soirée. Il était plus de minuit quand Lou et Moby Dick montèrent se coucher.

Maison Jaune

Dimanche 11 décembre, 8 h

Lou leva les bras en l'air, s'étira et bâilla. Elle avait peu dormi, mais se sentait en forme. Elle se débarrassa de sa chemise de nuit et enfila son jean violet et son pull rose à col roulé. Satisfaite du résultat, elle mit ses grosses chaussettes bariolées, laça ses tennis fluo et descendit dans la cuisine. Moby Dick, levé depuis l'aube, l'accueillit par des miaulements.

– Tu as faim ? demanda-t-elle en ouvrant le réfrigérateur.

Elle y chercha une boîte de nourriture pour chats. Moby Dick se rua bruyamment dessus.

– Quel glouton ! On dirait que tu n'as rien mangé depuis dix jours ! fit-elle en le regardant vider l'écuelle.

Puis elle prit un citron dans le panier à fruits et le coupa en deux. Ouvrant la bouche, elle pressa le jus directement sur sa langue. L'acidité lui arracha un frisson, mais elle aimait cela. Elle extirpa la totalité du liquide et l'avala avec satisfaction.

S'approchant de la fenêtre, elle s'aperçut que la neige était retombée durant la nuit. Le jardin tout blanc scintillait dans le soleil du matin. C'est alors qu'elle vit Stanislas. Il venait de pousser le portail et marchait dans l'allée. Il portait son habituelle veste en tweed, ses jeans usés aux genoux et son sac à dos en toile. La lumière jouait dans ses cheveux roux, semblant les enflammer. Lou était contente de le voir. Elle ouvrit la porte-fenêtre de la cuisine et l'appela gaiement.

– Bataille de boules de neige ? proposa le garçon avec un grand sourire qui découvrit ses dents de devant particulièrement écartées.

– Évidemment ! répondit Lou en se ruant vers son ami.

Rapide comme l'éclair, Stanislas se pencha pour ramasser une poignée de neige dont il bombarda la jeune fille. Elle répliqua, lui balançant une autre boule qui s'écrasa en plein sur son nez. Stan rugit et se vengea. La guerre se poursuivit à travers tout le jardin et ils furent bientôt couverts de neige.

– Alors, Vauthier ? s'interrompit soudain la jeune fille, le souffle court.

– Avant tout, j'exige un chocolat chaud !

– Marché conclu !

Ils se déchaussèrent dans le vestibule. Constantin, qui les avait entendus, descendit les rejoindre. Lou lui annonça qu'ils allaient prendre un petit déjeuner.

– Excellente idée, mais appelons d'abord Leduc pour avoir des nouvelles, je ne veux pas le rater. Le dimanche, il va jouer au golf.

Ils s'assirent tous les trois dans le petit bureau de Constantin. C'était la seule pièce de la maison à avoir échappé au jaune. L'oncle de Lou l'avait lui-même décorée à son goût. Comme le *Samovar*, l'endroit était encombré d'objets et de souvenirs, et les murs couverts de photos de Russie et d'ailleurs. La plupart étaient des portraits de famille : Igor Pitakof, le père de Constantin et de Véra, Natacha Pitakova, leur mère, Louba Pitakova et Vassili Pitakof, leurs grands-parents.

Constantin composa le numéro personnel du lieutenant de police et appuya sur le bouton du haut-parleur. Leduc ne tarda pas à décrocher.

– Pitakof à l'appareil ! Désolé de te déranger un dimanche matin, mon vieux. Je voulais avoir des nouvelles de l'autopsie.

– Eh bien, tu avais raison, hélas. Grodeck est formel : empoisonnement.

Lou et Stanislas échangèrent un regard complice. Constantin avait de l'instinct pour les meurtres.

– Quel genre de poison ?

– Grodeck est incapable de l'identifier et pourtant il en connaît un rayon. Il continue les recherches.

– Comment a-t-il été administré ?

– Avec l'aiguille, on a trouvé des traces de poison dessus. Grodeck a repéré un minuscule trou à la base du cou de Vauthier. C'est sans doute à cet endroit que le meurtrier la lui a enfoncée. Mais le plus surprenant c'est que le poison n'a laissé aucune trace dans le corps de Vauthier.

Leduc expliqua que le produit avait envahi le cerveau de l'archéologue et déclenché une paralysie du système nerveux provoquant un arrêt immédiat du cœur et de la respiration. Autrement dit, si on n'avait pas retrouvé l'aiguille et constaté la présence du poison, on aurait pu croire à une banale crise cardiaque. Et le petit trou à la base du cou serait passé pour une simple piqûre de moustique.

– Si je comprends bien, conclut Constantin, le meurtrier a failli réussir un crime parfait ! Si Lou n'avait pas retrouvé l'aiguille, il n'y aurait même pas eu d'enquête.

Stanislas regarda son amie avec admiration.

– Et la veuve, tu as des nouvelles ? demanda Pitakof.

Le lieutenant Leduc répondit qu'elle était rentrée à dix heures et demie du soir. Bernard Fanchon lui avait annoncé la nouvelle. Elle avait gardé son sang-froid et était venue identifier le corps à la morgue. Le brigadier Morel lui avait dit que la police croyait à une crise cardiaque. Elle n'avait pas eu l'air étonnée. D'après elle, son mari avait eu une attaque deux ans auparavant.

– Tiens, tiens ! fit Constantin. Si le meurtrier était au courant, cela explique le choix de ce curieux poison. Quand on a eu une crise cardiaque, le risque d'en avoir une seconde est courant. Et la mallette, tu as compté les sous ?

– Cinq cent mille dollars. Au fait, comment sais-tu qu'elle contenait de l'argent ?

À l'autre bout du fil, un silence amusé s'installa.

– Je vois, c'est ta nièce ! s'écria Leduc, furieux. Sa mère ne pourrait pas plutôt lui apprendre à tricoter ?

Lou tira la langue en direction du téléphone.

– Je crois qu'elle préfère « détricoter », si tu vois ce que je veux dire ! plaisanta Constantin. Bon, Leduc, je t'avouerais que je mènerais bien ma petite enquête en privé... si ça ne te dérange pas.

Leduc réfléchit un instant. Cela ne le dérangeait pas, au contraire. Pitakof lui retirait une épine du pied. Son patron allait sûrement exiger des résultats rapides, comme d'habitude. Son ancien chef pourrait accélérer le mouvement.

– Mes amis, le *Samovar* reprend du service ! s'exclama Constantin en raccrochant.

Mme Rose avait préparé le petit déjeuner dans la cuisine. Du thé noir et brûlant pour Lou et Constantin, un bol de chocolat au lait pour Stanislas dont elle connaissait les habitudes, et des croissants pour tout le monde. Ils s'installèrent autour de la grande table et commencèrent à manger, mâchant et discutant en même temps.

– Raoul Vauthier, trente-huit ans, nationalité française, né à Port d'Amar ! attaqua Stan, fourrant de la marmelade d'oranges dans son croissant.

– Né à Port d'Amar ? répéta Constantin.

– Il a fait comme les saumons, il est retourné chez lui pour mourir, dit Lou.

– Ah bon, les saumons font ça ? s'étonna Mme Rose qui s'était assise à leurs côtés pour ne rien manquer.

Stan pianota avec impatience sur la table ronde.

– Bon, je continue ?

– Vas-y, on est tout ouïe ! fit Lou.

– Vauthier fait ses études au pensionnat des Sablons...

– Je le connais, c'est dans le nord de la ville, s'écria Lou.

Stanislas fusilla son amie du regard. Lou mit la main en bâillon devant sa bouche.

Il reprit :

– Vauthier quitte Port d'Amar à dix-huit ans, bac en poche, et s'envole pour les États-Unis. Là-bas, il s'inscrit en archéologie à l'université de Yale, près de New York. Il n'attend pas d'obtenir son diplôme pour se lancer dans le métier et participe très vite à plusieurs missions de fouilles. Apparemment, il a beaucoup de succès. Il y a dix ans, il épouse Ingrid Jurgenson, fille du célèbre archéologue Olaf Jurgenson qui a découvert la pyramide de Néfertiti dans la Vallée des Rois, en Égypte.

– Beau mariage ! commenta Mme Rose.

– Qui a probablement donné un joli coup de pouce à sa carrière car, à partir de là, il se met à écrire bouquin sur bouquin, dont il fait la promotion à travers le monde en donnant des conférences. D'ailleurs, il est venu à Port d'Amar pour présenter son dernier livre, *Un archéologue sous la terre*, à la librairie des *Deux Mondes*, aujourd'hui à midi.

Constantin demanda si l'homme avait de l'argent.

– Pas mal ! Il était l'heureux propriétaire d'un appartement à New York avec vue imprenable sur Central Park, d'un autre à Paris, au pied de la tour Eiffel, et d'un yacht de vingt mètres.

– Je ne savais pas que les archéologues gagnaient autant d'argent ! s'exclama Mme Rose, pleine d'admiration.

– Justement ! fit Stanislas. C'est plutôt surprenant, d'habitude ce n'est pas un métier qui rapporte tant que ça.

– Il a peut-être gagné au loto, hasarda Mme Rose.

Lou sourit : gagner au loto était le rêve de la gouvernante. Mais elle avait une autre idée sur la provenance de la fortune de l'archéologue.

– Et s'il avait l'habitude qu'on lui laisse des mallettes en cuir bourrées de billets de banque ?

Constantin lissa sa moustache, sa nièce pouvait avoir raison.

– Il faudrait interroger sa veuve. Avec un peu de chance, elle nous dira d'où vient sa fortune.

– Et si c'était elle qui l'avait tué pour toucher l'héritage ? proposa Mme Rose. On voit ça tous les jours à la télévision.

– Dans les films, pas aux informations, madame Rose ! rectifia Constantin.

Lou sortit de sa poche son petit carnet noir et suggéra de reprendre la liste des suspects. Le meurtrier était l'une des sept personnes présentes dans le bar du *Majestic* entre 17 et 18 h. Le docteur Pierre Josse, le prof de dessin Blaise Rafale, l'Américaine enrouée Willie Scott, le serveur Fredo Rapo, Ingrid Vauthier et deux inconnus : l'élégant monsieur X à la valise en croco et la jeune fille au manteau noir.

– Peut-on commencer à en éliminer certains ? demanda Stanislas.

– Je dirais Blaise Rafale et Willie Scott car ils n'ont pas quitté leur place, dit Lou.

Constantin plongea son croissant dans sa tasse de thé et en enfourna la moitié dans sa bouche.

– C'est vrai, fit-il en mâchonnant, mais je doute que l'on puisse se fier aux déclarations des témoins sur ce sujet. Souviens-toi du docteur Josse, il nie s'être approché de Vauthier. Pourtant le professeur de dessin affirme le contraire.

– Tu as raison, l'un des deux ment ou a la mémoire qui flanche, déclara Lou.

Finalement, ils conclurent qu'ils manquaient d'éléments. Mais ils disposaient de plusieurs pistes pour obtenir des informations. Lou proposa de faire un tour à la librairie des *Deux Mondes*. Même si Raoul Vauthier n'y serait pas, elle pourrait glaner des informations intéressantes sur lui. Constantin annonça qu'il irait au *Majestic* interroger la veuve.

– Moi, je vais essayer de savoir ce qu'a fait Vauthier depuis son arrivée à Port d'Amar, décida Stanislas. Au fait, il devait bien avoir un téléphone portable ? La police l'a peut-être retrouvé dans les poches du cadavre.

– Passe voir Leduc au commissariat de ma part et, s'il l'a, demande-lui de te le confier quelques heures. Dis-lui que tu travailles avec moi.

Puis il se tourna vers Mme Rose :

– S'il vous reste du tarama d'hier soir, j'adorerais en avoir un peu entre deux tranches de pain noir.

– Et votre régime, monsieur Constantin, vous y pensez ? le gronda gentiment Mme Rose.

– Quel régime ? s'écria-t-il en tapant sur son ventre. C'est une idée de Véra, je n'ai pas besoin de maigrir, je me porte comme un charme !

Hôtel Majestic

Dimanche 11 décembre, 9 h 50

– C'est Raoul qui avait choisi cet hôtel. Il disait que cela lui rappelait son enfance. Je me demande bien pourquoi ! En tout cas, moi, je ne l'aime pas, j'étouffe ici avec tous ces plafonds dorés.

Constantin regarda Ingrid Vauthier. Elle était très longue, très blonde et très laide. Un visage de cheval à la mâchoire proéminente, des petits yeux enfoncés dans leurs orbites, un nez pointu qui piquait vers ses lèvres sèches. Les bijoux coûteux qu'elle portait, sa montre sertie de diamants, le magnifique saphir qui scintillait à son annulaire et son collier de perles noires de Tahiti n'atténuaient en rien sa laideur. Au contraire : ils la mettaient en valeur.

– Que pensez-vous du meurtre de votre mari ? Sa mort vous a-t-elle surprise ?

Un éclat de rire nerveux s'empara de la mâchoire chevaline d'Ingrid.

– La police se trompe : mon mari n'a pas pu être tué ! Pourquoi voudrait-on assassiner un archéologue, dites-le moi ?

– Pardonnez-moi, madame Vauthier, mais pensiez-vous bien connaître votre mari ?

– Quelle question ! Évidemment, cela faisait dix ans que nous étions mariés. Je vous le répète, cette histoire d'empoisonnement est de la folie ! C'est une crise cardiaque, Raoul souffrait du cœur. Je l'ai déjà expliqué à la police, conclut-elle d'un ton tranchant.

– Votre mari avait-il des ennemis ? insista Constantin.

– Des ennemis ? Qui n'en a pas ! Mais ce n'est pas parce qu'on déteste quelqu'un qu'on l'assassine.

Constantin hocha la tête, cette fois, il était d'accord. Si c'était le cas, la vie serait un véritable enfer.

Il interrogea la veuve sur ce qu'elle avait fait la veille en sortant du bar du *Majestic*. Ingrid Vauthier haussa les épaules, les poils du col de son manteau en loup s'écrasèrent sur ses joues creuses.

– Je me suis promenée sur la plage. J'aime le cri des mouettes en hiver. Et puis je suis allée voir le *Stockholm*, le bateau que je devais prendre cet après-midi pour rentrer en Suède rejoindre mon père. Enfin, maintenant, avec ce qui s'est passé, le *Stockholm* va partir sans moi, dit-elle soufflant fort par ses larges narines comme un cheval nerveux.

Constantin eut l'impression qu'elle regrettait le départ de son paquebot plus que la mort de son mari. Il se rappela que c'était sur le *Stockholm* que Jacques et Véra devaient embarquer dans l'après-midi. Si l'archéologue n'avait pas été assassiné, ils auraient probablement rencontré son épouse.

– Vous êtes restée très longtemps dehors, madame Vauthier, pourtant il neigeait.

– Vous savez, chez moi en Suède, il neige presque tout le temps…

– Votre mari avait rendez-vous avec quelqu'un au bar de l'hôtel, le saviez-vous ?

– Non, il ne m'avait rien dit.

– D'où venait son argent ? demanda brusquement Pitakof.

– Je ne me suis jamais posé la question. Son argent ne m'intéressait pas, répondit-elle d'une voix morne.

Constantin balaya du regard les bijoux de prix portés par Mme Vauthier. Elle avait tout de même bien profité de la fortune de son époux.

– Avez-vous des enfants ? poursuivit-il.

Ingrid resta silencieuse, ses yeux se posèrent sur la baie vitrée et au loin sur la mer.

– Non, nous n'avons pas eu cette chance, murmura-t-elle enfin avec tristesse.

Constantin hocha la tête, compatissant. Pour la première fois depuis le début de l'interrogatoire, Mme Vauthier exprimait une émotion. Il plongea sa main dans la poche intérieure de son pardessus et en sortit le petit miroir enveloppé de papier rouge.

– Votre mari a acheté cet objet avant de mourir. Il voulait en faire cadeau. À vous peut-être ?

La jeune femme prit le paquet et le déballa précipitamment. Aussitôt, sa bouche se durcit.

– Je ne vois pas pourquoi ce serait pour moi ! Ce n'est pas mon anniversaire, je suis née au mois d'août.

– Pour Noël, suggéra Constantin.

Ingrid balaya sa proposition d'un revers de main.

– Pff… Noël, nous ne le fêtions jamais !

Constantin eut un élan de pitié pour la veuve de Vauthier. Sa vie n'avait pas l'air bien gaie, mais la mort de son mari ne semblait pas lui causer beaucoup de peine non plus. En tout cas, elle n'était pas du style veuve-éplorée-aux-yeux-mouillés-de-chagrin. Ses paupières n'étaient même pas rouges. « C'est typiquement le genre de femme capable de commettre un crime, elle a le sang-froid nécessaire », pensa-t-il.

– J'aimerais monter dans ma chambre. Si vous n'avez plus besoin de moi, monsieur Pitakof…

Constantin la remercia et la regarda s'éloigner. Malgré la courte distance qui la séparait de l'ascenseur, elle marcha à grands pas, raide dans son manteau de fourrure. Il attendit qu'elle disparaisse de sa vue et chercha du regard la zone de l'hôtel réservée au personnel de service.

Il trouva une porte indiquant : *Privé*, et la poussa. Après avoir descendu une volée de marches, il déboucha dans les sous-sols éclairés au néon.

Une lingère lui montra la salle de repos des femmes de chambre. Léonie Legrand, par chance, y prenait sa pause, fumant une cigarette.

– Oui, la numéro 28, c'est moi ! fit-elle avec une voix éraillée par l'abus de tabac.

Elle ne paraissait pas plus de vingt ans et avait les joues encore rondes. Elle accepta de bon cœur de répondre aux questions de l'ancien capitaine de police.

– Vauthier ? Oui, je vois tout à fait. Il ne se prenait pas pour une queue de poire, celui-là ! Mais question pourboire, zéro ! Heureusement qu'ils sont pas tous comme lui, lâcha-t-elle, soufflant la fumée vers le plafond trop éclairé.

– Et son épouse ?

La femme de chambre secoua la tête.

– La pauvre !

– Que voulez-vous dire ?

– Je devrais pas vous raconter ça, vu que c'est la vie privée des clients. Mais, comme vous êtes quasiment de la police, je vais vous répéter ce que j'ai surpris. C'était hier vers onze heures. Mme Vauthier m'a sonnée pour que je lui apporte un bouquet de roses. Je les ai entendus se disputer à travers la porte. Il criait : « Pourquoi tu penses que je t'ai épousée ? On croirait que tu t'es jamais regardée dans un miroir ! Faudra que je t'en achète un. » La pauvre dame a répondu quelque chose, mais j'ai pas compris, vu qu'elle parlait pas assez fort. Et puis : pif, paf, il l'a giflée ! Là, j'ai frappé à la porte. C'étaient pas mes oignons, mais je supporte pas la maltraitance.

– Il vous a ouvert ?

– Ouais, même que j'ai vu la femme à terre. J'ai dit : « Je viens pour les fleurs. » Il m'a arraché le bouquet des mains et m'a claqué la porte au nez. C'est honteux de taper une femme, vous trouvez pas ? conclut Léonie, indignée, écrasant le mégot sous son talon.

Constantin hocha la tête, il était tout à fait d'accord.

– Vous vous occupez aussi de la chambre de Mlle Scott ? demanda-t-il.

– Mlle Scott ? La jolie dame aux yeux bleus ?

Constantin fronça les sourcils.

– Non, je ne crois pas que ses yeux soient bleus, je crois bien qu'ils sont marron !

– Bah, j'ai pu me tromper, admit Léonie, conciliante.

– Elle est comment, à part les yeux ?

– Super gentille, elle m'a donné un pot de sa crème. Ça s'appelle *Jouvencia.* C'est elle qui la fabrique là-bas, au Mexique où elle habite. Je l'ai essayée, ça fait la peau toute douce. Même Fredo s'en est rendu compte !

– Fredo Rapo ?

Léonie baissa la tête, soudain gênée.

– C'est mon fiancé ! Mais faut pas le répéter à M. Fanchon, vous me promettez ?

Constantin promit.

– Vous le connaissez depuis longtemps, Fredo ?

– Oh non, c'est tout frais, comme le poisson, glousa-t-elle. Normal, ça fait tout juste deux mois qu'il travaille ici. Je devrais pas le dire mais vous savez, il a bien besoin de réconfort, mon doudou.

– Ah, pourquoi ? questionna Constantin.

– C'est qu'il sort de prison, le pauvre chou ! fit Léonie, et aussitôt elle mit sa main devant sa bouche. Oh, j'aurais jamais dû vous en parler, vous allez le soupçonner !

– De quoi ?

– Ben… pour M. Vauthier ! Mais il y est pour rien dans cette histoire, je vous jure, il l'a pas tué ! Aujourd'hui il a un travail et on va se marier, expliqua-t-elle, le regard empli d'inquiétude.

Constantin posa sa grosse main sur l'épaule de la jeune femme et la rassura. Elle n'avait pas à s'inquiéter : si son fiancé n'avait rien fait de mal, il ne serait pas arrêté.

– Comment a-t-il été embauché au *Majestic* ?

– Fredo est le neveu de M. Fanchon, le fils à sa sœur. Le directeur est un chic type, vous savez, il a le sens de la famille. Il a engagé Fredo à sa sortie de prison. Alors c'est vrai, monsieur Pitakof, vous allez pas l'arrêter ? s'écria Léonie en se jetant dans ses bras.

Constantin la repoussa doucement. Il comprenait maintenant comment Fredo Rapo avait réussi à entrer au *Majestic*, bien qu'il n'eût pas l'allure d'un serveur de grand hôtel.

Dans la rue, un froid glacial saisit Pitakof. Il ferma les boutons de son caban et baissa la tête. Parvenu le long de la jetée qui longeait la plage, il se retrouva dos au vent. Il n'avait plus qu'à se laisser pousser jusqu'au *Samovar*.

Tout en marchant, il se mit à penser à la fortune dont Ingrid Vauthier allait probablement hériter : un parc immobilier de plusieurs millions de dollars, peut-être même de plusieurs milliards. Le mobile du meurtre était tout trouvé. Mais Ingrid pouvait aussi avoir tué Vauthier pour se venger : il l'injuriait et la frappait, elle devait sûrement le détester pour ce qu'il lui faisait subir.

Constantin imagina la scène : l'épouse humiliée pique le cou du mari. Le poison, fulgurant, agit immédiatement. Elle quitte le bar. Monsieur X arrive, se dirige vers l'archéologue, s'assoit à sa table, posant sa mallette à ses pieds. Une seconde plus tard, il comprend que Vauthier est mort. Il prend peur et s'en va. Sous le choc, il ne s'aperçoit pas qu'il a oublié l'attaché-case plein de dollars qu'il comptait donner à l'archéologue.

« Pourquoi pas ? », pensa Constantin qui savait, par expérience, qu'il ne faut jamais rejeter une hypothèse. Il téléphonerait à Leduc pour savoir si le testament de Vauthier avait été ouvert. Il fallait qu'il sache si Ingrid héritait de la fortune de son mari. On avait parfois des surprises avec les successions !

Maison Jaune

Dimanche 11 décembre, 11 h 07

Face au grand miroir rectangulaire du dressing de sa mère, Lou prenait la pose comme un mannequin devant un photographe. Puis elle se tira la langue et observa sa tenue : pull décolleté violet, pantalon en daim rouge, bottes western en imitation peau de zèbre, l'ensemble était…

– Détonant ! décréta-t-elle.

Elle avait acheté le tout pour presque rien à *Toudokase,* sa petite boutique de friperie préférée dans le quartier du Vieux Port.

– C'est pour les besoins de l'enquête, chuchota la jeune fille à l'adresse de Moby Dick. Il faut que j'attire l'attention, tu comprends ?

– Miaou ! approuva le chat en remuant la queue.

– Je me présente : Lou Kerval, journaliste-stagiaire au *Fil d'Amar.*

Moby Dick miaula de nouveau avec enthousiasme.

– Toi, mon vieux chat, tu as un faible pour les bottes en zèbre !

Elle descendit alors dans le vestibule, enfila sa doudoune dorée, enroula son écharpe autour de son cou et s'apprêtait à quitter la maison quand Mme Rose la rattrapa, un sandwich enveloppé dans du papier d'aluminium à la main.

– Lou, tu oublies ton en-cas. Un détective ne doit pas travailler le ventre creux. Fais voir ton déguisement ! s'écria-t-elle, apercevant le pantalon rouge et les chaussures en zèbre.

– C'est pas un déguisement mais ma tenue de combat, protesta Lou. Tu trouves ça trop excentrique ?

– Excentrique ? Pas du tout, on portait des tenues bien plus bizarres au cirque Bruss, je t'assure !

Lou fronça les sourcils. Que devait-elle penser de la réponse de Mme Rose ? Elle avait peut-être eu tort de s'habiller ainsi, surtout les bottes… Mais à quoi bon jouer les détectives si on ne pouvait pas s'amuser un peu ! D'un pas décidé, elle sortit dans la neige.

Mme Rose la suivit du regard en souriant, elle était fière de cette petite.

– Après tout, c'est un peu moi qui l'ai élevée, murmura-t-elle.

Puis, par souci d'équité, elle rectifia :

– Moi et M. Constantin !

Librairie des Deux Mondes

Dimanche 11 décembre, 12 h

La librairie se remplissait à vue d'œil. Ignorant encore le décès de son conférencier, Catherine Pétunia, la libraire, s'affairait dans sa boutique à aligner les chaises. Elle avait prévu la visite de l'archéologue depuis plus de six mois et se faisait une joie de sa venue. Elle était aussi un peu nerveuse car Raoul Vauthier n'était toujours pas arrivé.

Lou s'approcha d'elle et se présenta :

– Lou Kerval, journaliste au *Fil d'Amar*, je prépare un article sur Raoul Vauthier.

– Quelle bonne idée ! Je n'attendais personne du *Fil*, je suis contente que vous soyez là, répondit Catherine Pétunia, légèrement essoufflée.

– C'est bien normal. M. Vauthier est une personnalité dans le monde de l'archéologie, sourit Lou, sortant avec ostentation son carnet noir.

– Alors à tout à l'heure, mademoiselle. J'offre un verre de vin chaud après la conférence, dit-elle avec un sourire professionnel.

Lou se mêla à la foule. La plupart des personnes présentes avaient l'air de se connaître et discutaient entre elles avec animation. La jeune fille se tourna vers son voisin, un homme à grosse tête et petits bras, et lui demanda aimablement s'il connaissait Raoul Vauthier.

– Pas personnellement, mais je ne le regrette pas. Ce type est trop médiocre. Il a bâti sa carrière grâce à son beau-père, Olaf Jurgenson. Lui est un véritable génie, un vrai découvreur, Vauthier ne vaut pas un pet de lapin.

Lou haussa un sourcil interrogateur.

– Pourquoi êtes-vous venu l'écouter ?

– Pour le titiller ! J'ai quelques questions embarrassantes à lui poser. Je vous ai entendue dire que vous étiez journaliste, êtes-vous spécialisée en archéologie ?

– Hélas non ! Je tiens la rubrique « Chéri(e), si on sortait ? » du *Fil d'Amar*, mentit Lou avec un aplomb qui la surprit elle-même.

– Ah ! Je ne le lis jamais, je n'ai pas le temps. Je suis professeur d'archéologie à l'université de Bruxelles, mon travail ne me laisse aucun loisir, soupira-t-il.

Lou eut un sourire désolé et prit son petit carnet. Elle nota :

R.V. ne vaut pas « un pet de lapin » et doit sa carrière au père de sa femme (c'est un collègue archéologue qui l'affirme).

La salle était bourrée à craquer. Toutes les chaises étaient maintenant occupées et les gens commençaient à s'impatienter. Lou abandonna l'archéologue et resta debout pour pouvoir bouger à sa guise.

Soudain, un brouhaha envahit la pièce, suivi d'une bousculade. Catherine Pétunia, les cheveux en désordre, la mine défaite, monta sur l'estrade prévue pour Raoul Vauthier. Elle s'approcha du micro et le saisit d'une main tremblante :

– Mesdames, mesdemoiselles, messieurs, je demande votre attention, s'il vous plaît ! On m'apprend à l'instant le décès tragique de Raoul Vauthier. Je n'en sais pas plus pour le moment… Bien entendu, la conférence n'aura pas lieu.

Un silence de plomb tomba sur la salle. L'assemblée était atterrée. Peu à peu, des chuchotements et des cris étouffés se firent entendre. Brusquement, Lou sentit un poids contre son épaule : une jeune fille, lentement, s'effondrait dans ses bras.

Lou rattrapa le corps inerte, l'installa sur une chaise et lui tapota la main. L'inconnue ne réagit pas. Lou lui administra quelques claques, toujours sans résultat. Se souvenant des cours de secourisme qu'elle avait pris sur la plage l'été précédent, elle pressa alors vigoureusement la zone située entre le nez et la lèvre supérieure de la jeune fille. Cette fois, la manœuvre fonctionna : elle battit des cils, ouvrit un œil, puis l'autre.

– Comment ça va ? demanda Lou.

L'inconnue se mit à pleurer sans faire de bruit. Les larmes dégoulinaient sur ses joues et elle les essuyait les unes après les autres avec ses doigts aux ongles rongés. Émue, Lou lui tendit un mouchoir en papier avec lequel la jeune fille se tamponna les yeux avant de se moucher.

– Merci ! dit-elle avec un faible sourire.

C'étaient les premières paroles qu'elle prononçait. Elle avait une voix douce, un peu grave, qui contrastait avec son allure fragile et sa petite taille.

– Il y a trop de monde dans cette librairie, si on allait boire quelque chose de chaud dans un café ? proposa Lou.

– Oh oui, je ne me sens pas bien ici.

Lou glissa sa main sous le bras de sa protégée et l'entraîna vers la sortie en se faufilant dans la foule agitée de la librairie des *Deux Mondes*.

Elles trouvèrent un *Bar des Amis* quelques rues plus loin, et s'y installèrent face à face sur deux chaises en plastique. La jeune fille, qui avait gardé son manteau, continuait à claquer des dents. Lou retira son écharpe et la lui enroula autour du cou. D'un sourire, l'inconnue la remercia.

– Je m'appelle Lou, et toi ?

– Blanche.

– C'est un joli prénom. Qu'est-ce que tu veux boire ?

La jeune fille haussa les épaules :

– Comme tu veux…

– Alors deux chocolats chauds ! Ça nous fera du bien, décida Lou en faisant signe au serveur.

Celui-ci prit leur commande et s'éloigna.

Lou se tourna à nouveau vers Blanche. Elle semblait perdue dans ses pensées et la tristesse se lisait sur son visage aux traits tirés. Lou remarqua l'alliance qu'elle portait à l'annulaire de sa main gauche.

– Tu es mariée ? demanda-t-elle avec douceur.

Blanche acquiesça d'un signe de tête :

– Cela fait tout juste un mois.

– T'as l'air pourtant drôlement jeune…

– Dix-huit ans, murmura sa protégée en se mordant la lèvre.

– Tu veux me dire ce qui s'est passé à la librairie ? Pourquoi t'es-tu évanouie ? continua Lou.

Blanche soupira.

– Je ne sais pas… C'était bête. Il faisait chaud là-bas et toute cette foule…

Lou posa son menton dans sa main, l'air de réfléchir. C'était une drôle d'explication !

– Tu le connaissais cet archéologue ? reprit la détective.

– Pas vraiment, mais j'aurais bien voulu. Il devait être bien, tu ne crois pas ?

– Je l'ignore, répondit Lou. Je ne le connaissais pas. Je l'ai vu juste une fois, il était venu dans la boutique de mon oncle pour acheter un miroir.

– Ah bon ? Et toi, pourquoi es-tu allée à sa conférence ?

– J'enquête sur sa mort, annonça Lou.

Blanche arrondit les yeux.

– Tu es… détective ?

Lou hocha la tête.

– Ben ça alors, je n'aurais jamais cru ! Mais… tu penses quand même pas… Enfin, je veux dire, tu crois qu'il lui est arrivé quelque chose de pas normal ? C'est pas un accident de voiture ou un truc comme ça ?

– Non, c'est un assassinat ! déclara Lou avec fermeté.

Un tremblement parcourut le corps de Blanche.

– C'est horrible ce que tu racontes ! Mais pourquoi ? s'écria-t-elle, encore plus pâle.

– C'est ce que nous essayons de découvrir. Tu es sûre que tu ne sais rien sur Raoul Vauthier ?

Blanche serra ses mains l'une contre l'autre et secoua la tête.

– Je ne sais rien. Écoute, je vais rentrer chez moi, je ne veux pas te faire perdre ton temps.

– Tu n'as même pas bu ton chocolat, protesta Lou.

– Je n'ai pas soif, excuse-moi, je dois rentrer, mon mari m'attend, il doit s'inquiéter.

– Tu habites loin ?

– Non, non ! Et merci… merci pour tout, lança-t-elle en se levant précipitamment.

Elle voulut rendre son écharpe à Lou, mais celle-ci refusa.

– Garde-la, tu en as besoin. Je m'en achèterai une autre.

La jeune fille la remercia à nouveau et s'en alla rapidement. Lou la suivit du regard et murmura :

– Blanche s'en va dans la ville blanche !

Elle avait du mal à croire qu'elle ne connaissait pas Raoul Vauthier. On ne s'évanouit pas en apprenant la mort d'un inconnu. Tout à coup, elle sut ce qu'elle devait faire. Elle jeta cinq euros sur la table et se lança à la poursuite de Blanche.

Bord de mer

Dimanche 11 décembre, 15 h 10

Willie Scott regarda la mer. Elle était verte et grise, chevauchée de moutons blancs. La jeune femme dilata ses narines et inspira goulûment. L'air de cette mer ne ressemblait à aucun autre. Il avait une odeur d'iode et d'algues. Là-bas au Mexique, où elle vivait maintenant, le vent qui soufflait sur les plages de sable fin sentait la vanille et la fleur d'oranger.

Elle passa sa main sur son visage couvert d'embruns et lécha le sel sur ses doigts humides. C'était un goût qu'elle aimait depuis toujours.

Willie reprit sa marche en direction du nord. Elle aurait pu continuer longtemps ainsi car la plage n'avait pas de limite et se prolongeait sur des kilomètres et des kilomètres. Rien que du sable gris et le ciel bas, chargé de lourds nuages, qui tombait dans la mer. Elle était heureuse de se retrouver seule, loin des gens qui parlent et font du bruit. Il n'y avait là que des mouettes venues chercher un ver ou les restes d'un poisson échoué. Les oiseaux ne lui faisaient pas la conversation, ils ne lui posaient pas de questions. Ils se contentaient de rire et d'aimer le vent.

Au large, Willie aperçut un paquebot qui sortait du port. Guidé par un remorqueur, il manœuvrait pour gagner le large. Elle l'observa avec attention, comme pour le soutenir dans son effort. Elle aussi était arrivée à Port d'Amar en bateau. En avion, elle aurait dû payer une surtaxe pour ses lourdes valises pleines de *Jouvencia*, sa crème de beauté miracle. Elle en avait apporté trente cartons et espérait vendre tout son stock. Quelques onces de ce produit et les rides, les cicatrices, toutes les disgracieuses marques de l'âge s'atténuaient et souvent même disparaissaient. Des groupes pharmaceutiques cherchaient à percer le secret de la composition, mais il était bien gardé.

L'énorme bateau blanc avait terminé sa manœuvre, il longea un instant la côte, puis lança à fond ses machines. Willie sortit des jumelles de sa poche et chercha le nom inscrit sur son flanc.

– *Stockholm*, lut-elle à haute voix.

Elle n'avait jamais mis les pieds en Suède et n'en avait pas envie. Il y faisait trop froid.

Le Samovar

Dimanche 11 décembre, 16 h

La vieille horloge du *Samovar* sonnait le dernier coup de quatre heures lorsque Lou poussa la porte de la boutique. Constantin remarqua ses bottes en zèbre et son front tout plissé.

– Qu'est-ce qui t'arrive ? demanda-t-il.

La jeune fille s'écroula dans le fauteuil à bascule. C'était une pièce d'antiquité que Constantin avait un jour trouvée, abandonnée sur la plage, comme si la mer l'avait charriée puis crachée sur le sable.

– J'ai manqué papa et maman !

– Comment ça ?

– Je suis arrivée trop tard, le *Stockholm* larguait les amarres. Je les ai aperçus sur le pont, ils m'attendaient, j'ai juste eu le temps de leur faire signe, expliqua-t-elle d'un air chagrin.

– Allez, ce n'est pas si grave puisque vous vous êtes quand même vus. Qu'est-ce que tu dirais d'un verre de thé brûlant avec trois rondelles de citron ?

– J'en dirais que tu es le meilleur des oncles ! déclara Lou en retrouvant le sourire.

Tandis que Constantin s'affairait à mettre en route le samovar*, les trois notes montantes du carillon de la porte d'entrée annoncèrent l'arrivée de Stanislas.

– Super les décorations de Noël ! s'écria-t-il en admirant les branches de sapin posées dans la vitrine. On se croirait dans la forêt !

– C'est de ta faute, lui rappela Lou. Comme tu t'étais donné du mal en allant les chercher, j'ai tout utilisé.

Stanislas eut un sourire en coin. Voulait-elle insinuer que c'était à cause de lui si le *Samovar* croulait tellement sous les branches de sapin qu'on n'arrivait plus à savoir s'il s'agissait d'un magasin de fleurs ou d'antiquités ? Il décida de

* *Un samovar est une grosse bouilloire ventrue utilisée en Russie pour faire chauffer l'eau du thé. Un petit robinet permet de remplir la théière d'eau gardée toujours chaude.*

laisser tomber : avec Lou, c'était souvent la meilleure stratégie à adopter. Il s'assit sur un tabouret et leur fit part de ses découvertes :

– Le téléphone portable de Raoul Vauthier a parlé ! L'archéologue a appelé trois fois un certain Antoine de Beaupied dans la matinée du samedi. D'après mes renseignements, c'est un riche banquier. On en parle de temps en temps dans la presse. J'ai trouvé une photographie de lui prise dans son château de La Pasture, dit-il en sortant de son sac à dos la page d'un magazine.

– Mais, c'est l'homme dessiné par Blaise Rafale ! s'exclama Lou après l'avoir observé.

– Tu as raison, il lui ressemble fortement, approuva Constantin. Il faudrait montrer cette photo aux témoins pour en avoir le cœur net.

– Maintenant, devinez quelle est la passion de ce monsieur, continua Stan.

– Les chevaux de course ? hasarda Lou.

– Non, la sculpture !

– C'est un artiste ?

– Non, un collectionneur ! Avec une préférence pour les trucs vieux de deux à trois mille ans.

– Alors, il aurait été en contact avec Raoul Vauthier pour ça ? suggéra Lou en se balançant dans son fauteuil.

– C'est tout à fait ce que je pense, répondit Stanislas. Il pouvait avoir rendez-vous avec l'archéologue au bar pour lui acheter une sculpture. Cela expliquerait la présence de la mallette.

Constantin sourit, les jeunes gens avaient l'esprit vif.

– Vous brûlez les enfants, s'écria-t-il. Figurez-vous qu'Interpol* s'apprêtait à arrêter Vauthier ! Leduc me l'a appris tout à l'heure au téléphone. La police le soupçonne d'avoir dérobé des pièces archéologiques de grande valeur, le genre d'objets qui va normalement directement dans les musées avec alarme et système de protection renforcée. Son trafic durait, semble-t-il, depuis plusieurs années.

– Vous croyez que cet Antoine de Beaupied a tué Vauthier ? demanda Lou.

Stanislas secoua ses cheveux roux.

– Pourquoi aurait-il laissé cinq cent mille dollars à l'archéologue s'il l'avait tué ? Moi, si je tue quelqu'un, je ne lui laisse pas une valise pleine de billets de banque !

Lou et Constantin étaient d'accord avec lui.

* *Interpol : organisation internationale de la police criminelle. Elle s'occupe de traquer les malfaiteurs opérant dans plusieurs pays.*

La jeune fille raconta alors sa visite à la conférence. Elle parla de la médiocre réputation de Raoul Vauthier et de sa rencontre avec Blanche.

– Elle m'est tombée dans les bras !

– C'est le charme des bottes en zèbre. Je devrais peut-être m'en acheter, plaisanta Stanislas.

– Plutôt le charme de Raoul Vauthier. Elle s'est évanouie en apprenant sa mort.

– Elle le connaissait ? interrogea Constantin.

– Elle a prétendu que non, mais je ne l'ai pas crue. Alors, à tout hasard, je l'ai suivie. Tenez-vous bien : elle est allée tout droit au numéro 5 de l'impasse des Acacias. Or, devinez qui habite à cette adresse : Blaise Rafale !

– Coïncidence ? s'étonna Stanislas.

– Dans notre métier, les coïncidences n'existent pas, affirma Constantin en levant le doigt en l'air.

– Ils avaient peut-être rendez-vous, suggéra le garçon.

– Et si c'est là qu'elle habite ? proposa Lou.

– Ils peuvent être frère et sœur ?

– Ou mari et femme : Blanche est mariée !

Ils commençaient à se demander si Blaise Rafale ne leur avait pas menti lorsqu'il avait affirmé ne pas connaître Raoul Vauthier. Sinon pourquoi sa femme (à supposer que Blanche soit bien son épouse) serait-elle allée à la conférence de l'archéologue ?

Constantin prit l'un des cinq samovars posés sur une étagère et le frotta avec la manche de son pull marin.

– Tu espères faire sortir le bon génie ? plaisanta Lou.

– Non, il ne brille pas assez. J'aime quand les samovars étincellent ! Chez nous, on se voyait dedans, je m'en servais comme miroir. Véra se moquait de moi ! Mais pour en revenir à nos moutons, je crois qu'il faudrait aller faire un petit tour impasse des Acacias. Au fait, ce thé, on a oublié de le boire ! regretta Constantin.

Pendant que Lou mettait de l'eau chaude dans la théière du samovar, elle repensa à l'histoire des saumons qui vont mourir sur le lieu de leur naissance.

– Vous ne trouvez pas ça bizarre un type qui quitte Port d'Amar à dix-huit ans, ne retourne jamais y vivre, mais s'y fait assassiner vingt ans plus tard ?

– Il s'est peut-être passé quelque chose de grave ici, avant que Raoul Vauthier s'en aille, suggéra Stanislas. Quelque chose d'assez grave pour que quelqu'un ait envie de le tuer en le revoyant.

– Vous pourriez aller rencontrer ses parents ou ses amis, s'il en a encore ici, proposa Constantin. Ce serait intéressant de fouiller dans son passé. Et moi, j'irai interroger Blaise Rafale.

Impasse des Acacias

Lundi 12 décembre, 14 h

– Blaise, tu as entendu ? On a sonné. Tu attends quelqu'un ? Je ne suis même pas habillée, chuchota la jeune femme.

– Va te cacher dans la sa-salle de bains !

Blaise attendit que sa femme ait refermé derrière elle. Dans l'embrasure de la porte d'entrée, il découvrit avec stupeur la silhouette massive de l'homme qui les avait interrogés au bar du *Majestic*.

Il recula pour le laisser passer et Constantin se retrouva dans l'unique pièce de l'appartement. D'un coup d'œil, il balaya le décor : un canapé-lit, une table à dessin encombrée de papiers et de crayons, des murs blancs, c'était tout. C'était pauvre.

Constantin expliqua qu'il poursuivait l'enquête sur la mort de Raoul Vauthier.

– C'était donc bien un crime ! s'exclama Blaise.

– J'ai quelque chose à vous montrer, fit Constantin, sortant de son portefeuille la page du magazine pliée en quatre.

Blaise Rafale le reconnut aussitôt. C'était le vieux monsieur du bar, celui dont il avait fait le portrait. Satisfait, Constantin rangea la photo dans sa poche. Puis, fixant le jeune homme dans les yeux, il demanda :

– Que faisiez-vous au bar du *Majestic*, samedi en fin d'après-midi ? Ce n'est pas exactement le genre d'endroit que vous avez l'habitude de fréquenter, n'est-ce pas ?

Blaise Rafale hésita un instant.

– Vous-vous avez raison. Il nei-neigeait ce jour-là, vous vous souvenez ? J'avais froid, j'ai-j'ai eu envie de prendre un petit caf-café dans ce bel hôtel. Je doute d'avoir un jour assez d'argent pour-pour y louer une chambre, mais un pe-petit café, je peux me l'offrir.

Constantin eut un sourire en coin. Il avait du mal à le croire, cette explication semblait fabriquée de toutes pièces. Se rapprochant de Blaise, il continua :

– Vous êtes marié, monsieur Rafale ?

Le jeune homme jeta un regard inquiet à la porte de la salle de bains.

– Heu… oui-oui ! dit-il en baissant la voix.

– C'est curieux, vous avez hésité…

Blaise parut embarrassé.

– Nous sommes jeunes mariés. Cela fait à peine un mois, c'est tout-tout nouveau. Je ne suis pas en-encore habitué !

Constantin s'approcha de la table à dessin et aperçut plusieurs portraits d'une jeune fille au visage délicat et aux longs cheveux. Les esquisses lui plurent, le professeur de dessin avait peut-être de l'avenir. À condition qu'il n'ait pas commis l'erreur de tuer l'archéologue.

– C'est votre femme ?

Blaise fit signe que oui.

– Comment s'appelle-t-elle ?

– Blanche.

– Elle est ici ?

Le jeune homme secoua la tête.

– Elle est sortie.

– Ah ! On entend de l'eau couler, je pensais qu'elle prenait une douche. Dommage, j'aurais aimé la saluer. Ma nièce l'a trouvée fort sympathique.

Le professeur jeta à Constantin un regard affolé. Ce dernier continua :

– Elle s'appelle Lou, c'est une fille formidable. D'ailleurs vous avez dû la voir au *Majestic*, elle était avec moi. C'est elle qui a découvert l'arme du crime.

Blaise Rafale garda le silence.

– Que faisait votre femme à la librairie des *Deux Mondes* ?

L'homme se mit à transpirer. Quelques gouttes perlèrent au-dessus de sa lèvre supérieure.

– Je-je-je ne sais-sais pas, je ne suis pas-pas au courant.

– Vraiment ? Vous pourriez le lui demander. Raoul Vauthier devait donner une conférence dans cette librairie hier matin. La présence de votre jeune épouse est un curieux hasard, vous ne trouvez pas ?

Blaise porta sa main à la gorge, il avait soudain du mal à respirer.

– Sor-sor-sortez monsieur Pi-Pitakof, fit-il en montrant la porte. Vous-vous n'avez rien contre nous. Nous n'avons rien fff-fait.

– Comme vous voulez, monsieur Rafale, mais sachez que si ce n'est pas moi, ce sera la police qui viendra vous poser des questions et elle exigera des réponses. Si vous changez d'avis, vous pouvez me joindre à ma boutique d'antiquités, dit Constantin en lui tendant la carte du *Samovar*.

Blaise la prit machinalement et claqua la porte derrière le visiteur. Puis il alla s'écrouler sur le canapé-lit. Blanche, les cheveux mouillés, sortit aussitôt de la salle de bains.

– Tu es tout pâle ! Qu'est-ce que tu as, chéri ? demanda-t-elle, en se précipitant vers son mari.

– Rien, rien…

– C'était qui ?

– Le voisin, il venait juste bavarder.

– Ah bon ?

Et au bout d'un moment, elle ajouta :

– Tu veux qu'on sorte ? Ça nous changera les idées, on n'a même pas déjeuné. Si on allait manger une saucisse-frites sur le port ? Qu'est-ce que tu en dis ?

– Je ne sais pas trop, chérie. Je préférerais qu'on reste ici, pas toi ?

– Non, moi j'ai besoin de prendre l'air, ça ne t'embête pas ?

Si, cela ennuyait Blaise à cause de l'ancien policier qui ne devait pas être loin. Il ne voulait pas qu'elle se retrouve nez à nez avec lui. Il essaya de la dissuader, mais Blanche insista, expliquant qu'elle ne serait pas longue.

Dehors, Pitakof tapait du pied sur le pavé gelé. C'était une excellente idée, ces chaussettes en pure laine vierge que Mme Rose lui avait achetées au marché du Vieux Port. De la bonne qualité, tout à fait ce qu'il lui fallait pour rester en planque dans le froid. Constantin n'avait pas cru Blaise Rafale lorsqu'il lui avait dit que sa femme était absente. À cause de la douche qui coulait et de l'air ennuyé du jeune homme. Il mentait très mal ! Blanche finirait par mettre le nez dehors, à un moment ou à un autre.

Constantin recula brusquement dans l'embrasure de la porte cochère. Blanche Rafale venait de sortir de chez elle. Sa taille menue et ses cheveux en désordre la faisaient paraître encore plus gamine qu'elle ne l'était. Malgré le froid mordant et sa chevelure humide, elle n'avait pas pris le temps d'enfiler son manteau, il était seulement posé sur ses épaules. Constantin la trouva bien imprudente, elle risquait d'attraper une bronchite. Mais l'heure n'était pas à lui faire la leçon.

Il sortit son petit appareil de la poche intérieure de son caban et la prit en photo. Trois clichés successifs volés comme l'aurait fait un paparazzi.

Blanche Rafale marchait vite et s'éloigna rapidement, Constantin ne chercha pas à la suivre.

Il déposa la pellicule dans une boutique spécialisée dans le développement express des négatifs. Dans moins d'une heure, il récupérerait les clichés, il n'aurait plus qu'à les montrer aux témoins du crime. Il saurait alors si la femme de Blaise était au bar du *Majestic* l'après-midi du meurtre.

Hôtel Majestic

Lundi 12 décembre, 16 h 46

Constantin Pitakof franchit le seuil du *Majestic* et foula d'un pas alerte la moquette à fleurs en direction du bar. Fredo Rapo, debout derrière son comptoir, essuyait les verres. Il reconnut sans peine le large moustachu qui s'approchait de lui.

– Je sais pourquoi vous êtes là ! s'écria-t-il en lui tendant la main. On l'a tué ! C'est vous qu'aviez raison. Deux gars du commissariat sont déjà venus me poser des questions ce matin.

Constantin ouvrit une enveloppe et étala les photos sur le comptoir. À gauche, celle d'Antoine de Beaupied, à droite celles de Blanche Rafale.

– Celui-là, c'est monsieur X, déclara le serveur, sûr de lui, en écrasant son index sur le visage du vieux monsieur élégant. Et elle, c'est la fille au Coca, y'a pas de doute !

Constantin sourit, satisfait. Blanche Rafale se trouvait bel et bien au bar du *Majestic* l'après-midi du crime. Fredo Rapo fit claquer son torchon sur son épaule. Il y avait quelque chose qu'il voulait signaler à l'ancien policier.

– C'est à propos du prof de dessin, murmura-t-il. Quand il est arrivé au bar, il portait un drôle de chapeau mou sur la tête et des lunettes noires, genre star, si vous voyez ce que je veux dire. Il a gardé son bataclan un bon moment. À votre avis, à quoi ça rime un déguisement pareil ?

Constantin ramassa ses clichés et promit d'y réfléchir. Fredo Rapo n'avait pas tort, pourquoi Blaise Rafale gardait-il ses lunettes de soleil à l'intérieur du *Majestic* ?

Pitakof sortit du bar et passa aux toilettes. Tout en se lavant les mains, il repensa au serveur. Et lui, avait-il une raison d'être le meurtrier ? Comme le disait sa petite amie Léonie, ce n'était pas parce que Fredo avait fait des erreurs de jeunesse qu'il était coupable de tous les crimes commis sous son nez. N'empêche, il ne fallait pas l'éliminer.

Il restait deux personnes à qui Constantin voulait montrer les photos : Pierre Josse et Willie Scott. Avec un peu de chance, celle-ci était encore à l'hôtel. Il jeta la serviette en papier dans la corbeille des toilettes et rejoignit la réception.

– Bien sûr, Mlle Scott est toujours chez nous ! affirma le concierge aux yeux à fleur de tête d'un ton légèrement pincé.

Pourquoi aurait-elle quitté l'hôtel ? Même si un crime avait malheureusement été perpétré au *Majestic*, les clients n'y étaient pas tous en danger de mort ! Pendant que l'homme composait le numéro de la chambre de Willie Scott, Constantin alla s'asseoir dans le hall.

L'Américaine ne tarda pas à le rejoindre, longue et souple dans son jogging de velours prune.

– Bonjour capitaine ! fit-elle.

Constantin leva vivement les yeux. Absorbé par ses pensées, il ne l'avait pas entendue arriver.

– Ce sont mes chaussures de sport, elles glissent sans faire de bruit comme les Indiens dans la forêt.

Constantin lui désigna le fauteuil en face du sien.

– Content que vous ayez récupéré votre voix.

– Effectivement, mon rhume va mieux, je vous remercie capitaine.

– Vous savez, je ne suis plus capitaine depuis longtemps.

– C'est dommage, vous avez une bonne tête de capitaine.

– Vous croyez qu'ils ont des têtes particulières ?

– Et les assassins, ont-ils des têtes particulières ? demanda-t-elle.

– Ce serait trop facile, on s'ennuierait !

– Vous voyez, vous aimez encore ce métier, monsieur Pitakof ! Pourquoi avez-vous arrêté ?

– Je me suis découvert une passion pour les vieux samovars. Cela dit, il m'arrive encore de jouer les détectives.

– Je suppose que c'est la raison de votre présence ici…

Constantin confirma et lui montra les photos. Comme le serveur, Willie Scott reconnut l'homme à la mallette et la jeune fille qui portait d'ailleurs au *Majestic* le même manteau que sur le cliché. Pitakof regarda alors les yeux de l'Américaine. Il avait raison : ils étaient marron et non bleus. Léonie Legrand s'était trompée. Puis en observant la petite cicatrice que la femme avait sous l'œil droit, il pensa qu'elle avait eu de la chance de ne pas s'être blessée plus haut.

– Vous habitez San Cristobal, n'est-ce pas ? fit-il.

– En effet. Je suis américaine, mais j'habite au Mexique depuis des années. Vous connaissez ? demanda-t-elle en relevant les manches de son sweat-shirt prune.

– Hélas, non ! Mais j'ai toujours rêvé d'y aller. Quand j'étais petit, j'ai lu un livre qui se passait là-bas : *Le Trésor des Mayas.* L'histoire d'un garçon perdu dans la jungle qui découvre un trésor.

– Vraiment ?

– Pourquoi êtes-vous venue à Port d'Amar, mademoiselle Scott ?

La jeune femme passa la main dans ses cheveux sombres.

– Oh, pour affaires… Je vends une crème de beauté, la *Jouvencia.* Elle efface les marques du temps, dit-elle d'un ton mystérieux.

– Léonie Legrand, la femme de chambre, m'en a effectivement parlé.

– Je lui en ai passé, mais elle n'en a pas besoin, elle est encore si jeune !

– Je pourrais en offrir à ma sœur, je cherchais justement un cadeau de Noël pour elle.

– Je quitte la ville demain matin, le lieutenant Leduc m'en a donné l'autorisation. Mais je laisserai un pot à la réception à votre intention.

Constantin la remercia avec chaleur.

– Je vous souhaite bonne chance pour votre enquête, monsieur Pitakof, ajouta-t-elle en lui tendant la main.

Constantin la serra vigoureusement. Willie Scott avait une poigne d'homme, ferme et musclée, comme son corps. Elle se dirigea vers la porte du *Majestic* et s'élança dehors au pas de gymnastique, malgré la neige qui s'était remise à tomber dru. Constantin suivit du regard le balancement de sa chevelure noire. Il pensa qu'il était étrange qu'elle fût si brune car elle avait une peau de blonde, il l'avait remarqué quand elle avait relevé les manches de son jogging. Une peau blanche et laiteuse qui contrastait avec celle de son visage fortement bronzé par le soleil mexicain.

Pensionnat des Sablons

Lundi 12 décembre, 17 h 30

– C'est sûrement elle ! s'exclama Stanislas apercevant la fille sous l'unique platane de la cour de récréation.

Lou hocha la tête, ce ne pouvait être qu'elle en effet. Ils la saluèrent de loin et la fille marcha à leur rencontre.

– Je suis Suzanne, je parie que vous êtes Lou et Stan, dit-elle en agitant la main.

Suzanne, l'amie d'une amie d'une cousine de Stanislas, était élève en première au pensionnat des Sablons. « Je vais vous présenter à Santorin. C'est l'homme à tout faire de la pension. Il est là depuis plus de quarante ans et il sait tout sur tout le monde », leur avait-elle assuré le matin même au téléphone. C'était exactement ce qu'ils cherchaient : quelqu'un qui puisse leur parler de la jeunesse de Raoul Vauthier à Port d'Amar.

Ils trouvèrent Santorin au gymnase, occupé à changer une ampoule. Il tourna vers eux sa figure grise et leur fit signe d'approcher. Suzanne l'avait prévenu de la visite des détectives. Il retira sa casquette et leur serra la main jusqu'à la broyer.

– Alors comme ça, le petit Raoul a été assassiné ! commença-t-il.

– Vous vous souvenez de lui ? demanda Stanislas.

– C'est pas le genre qu'on oublie, vous savez.

– Pourquoi ?

– Bah, il était spécial comme gamin ! Tantôt bon, tantôt mauvais. Il pouvait être gentil avec vous et puis la minute d'après, il vous injuriait. Il fallait savoir le tenir celui-là. Je crois que c'est pour ça que ses parents l'ont mis en pension. Ils n'en pouvaient plus de leur rejeton !

– Avait-il des amis ? s'enquit Lou.

– Surtout un, mais même lui, il le traitait mal. Un jour, il lui a envoyé un coup de poing dans la figure. Le gamin a eu la mâchoire fracturée. Pauvre gosse, il pissait le sang. Je m'en souviens encore parce que c'est moi qui l'ai accompagné à l'hosto !

– Pourquoi Vauthier a-t-il fait ça ?

– À cause d'une fille. Ils en étaient amoureux tous les deux.

– Le garçon que Vauthier a envoyé à l'hôpital lui en a-t-il voulu ?

– Pensez-vous ! C'était un gentil. Il n'a même pas dénoncé son copain, il a prétendu qu'il était tombé dans la cour. Mais moi, j'avais tout vu. J'ai menacé de tout raconter au directeur et le gamin, avec sa bouche enflée, m'a supplié de me taire. Il a dit qu'il n'en voulait pas à Raoul. Il était juste inquiet de ne plus pouvoir souffler dans sa flûte.

Au mot flûte, une sonnette d'alarme retentit dans la tête de Lou.

– Comment s'appelait-il, ce garçon ?

– On le surnommait Pierrot. J'ai su qu'il était devenu toubib.

Lou sentit une bouffée d'excitation lui monter au visage.

– C'était pas Josse son nom de famille ?

L'homme se gratta la tête sous sa casquette. Oui, c'était ça, la gamine avait raison.

Lou jeta un coup d'œil à Stanislas : il avait les joues rouges et les yeux brillants. Comme elle ! Ils remercièrent Santorin et Suzanne, et quittèrent le pensionnat des Sablons. Une fois dans la rue, ils se mirent à courir en direction de la mer. Ils s'arrêtèrent sur la plage, se tournèrent l'un vers l'autre et tapèrent dans leurs poings à la manière des rappeurs.

– Tu te rends compte, Josse était le meilleur ami de Raoul Vauthier ! s'écria Lou.

– Il nous a menti sur toute la ligne, conclut Stanislas.

Le Samovar

Lundi 12 décembre, 18 h 51

– Le baromètre me plaît beaucoup, mais le service à thé aussi, vous comprenez monsieur Pitakof, répéta Églantine Zondac.

– Le baromètre ne fonctionne plus et le service à thé n'est pas à vendre, je le tiens de ma grand-mère, grommela Constantin.

– Bien sûr, bien sûr, mais ils me plaisent tous les deux.

L'antiquaire soupira. Depuis plus d'une heure la vieille dame était dans sa boutique et il n'arrivait pas à s'en débarrasser. Il attendait avec impatience l'arrivée de Lou et Stanislas pour l'inciter à s'en aller. Enfin, le timbre de la sonnette tintinnabula dans la boutique et les jeunes gens entrèrent.

– Sauvé ! murmura Constantin.

À mi-voix, il brossa la situation à sa nièce qui s'empressa d'expliquer à la vieille dame qu'ils allaient devoir fermer boutique. Mme Zondac prit un air ennuyé et répéta qu'elle hésitait encore entre le baromètre et le service à thé.

– La nuit porte conseil, vous reviendrez demain, lui répondit Lou.

– Vous avez des moustaches, qu'est-ce que vous avez bu ? Du chocolat ? lui demanda Mme Zondac.

– Un chocolat liégeois, il était délicieux. Mon ami Stan et moi fêtions une grande découverte. Pour les moustaches, j'ai fait exprès, j'essaie de ressembler à mon oncle, plaisanta Lou.

Églantine eut un sourire amusé.

– Quelle drôle d'idée, vous êtes très bien comme vous êtes !

Puis elle se tourna vers Constantin.

– Votre nièce a raison, monsieur Pitakof, la nuit porte conseil. Je reviendrai demain, promit-elle en agitant sa petite main ridée.

Lou la poussa doucement dans la rue et referma la porte derrière elle.

– Quelle enquiquineuse ! s'écria Constantin. C'est la dernière fois que je lui retrouve son chat.

– Ah bon, c'est elle la maîtresse du terrible siamois griffu ?

Constantin hocha la tête.

– Alors, c'est quoi cette fameuse découverte ? s'enquit-il, curieux.

– Josse nous a menti ! lâcha Stanislas qui n'arrivait plus à se retenir.

Il raconta alors leur entretien avec Santorin et l'amitié qui avait lié le docteur Josse à l'archéologue.

– Ce bar était donc plein de menteurs ! conclut Constantin. Je me demande lequel d'entre eux est notre coupable.

À son tour, il fit le récit de son après-midi : la rencontre avec Blaise Rafale et les photos de Blanche qu'il avait montrées aux témoins. Ils essayèrent de faire le point sur l'affaire en cherchant les raisons que chacun des suspects pouvait avoir de se débarrasser de l'archéologue. Toujours ils en revenaient à la personnalité de Raoul Vauthier, pressentant que sa mort avait un rapport étroit avec l'homme et peut-être l'enfant qu'il avait été.

– C'est bizarre, quand même, un garçon qui fracture la mâchoire de son meilleur ami ! s'étonna Lou.

– Je les vois tout à fait jouant aux cow-boys et aux Indiens, dit Stanislas. Pierre Josse était sûrement toujours l'Indien ficelé autour du poteau de tortures.

Lou se représenta Pierre Josse attaché au platane de la cour de récréation. Il devait quand même bien se révolter de temps en temps contre son soi-disant ami. Elle imagina le petit Pierrot sortant une sarbacane de sa poche et soufflant des boulettes de papier sur la tête de Raoul. Ses yeux noisette s'agrandirent soudain. Elle s'écria :

– Une sarbacane ! Et si c'était avec une espèce de sarbacane que le meurtrier avait tué Raoul Vauthier ?

Stan et Constantin trouvèrent l'idée géniale. Avec une sarbacane, l'assassin n'avait pas besoin de s'approcher de la victime. Cela changeait pas mal de choses : Blaise Rafale et Willie Scott rejoignaient la liste des suspects. Le trio chercha ce qui pouvait servir de sarbacane.

– Un stylo à bille dont on retire la mine, proposa Stan, sortant son propre stylo de sa poche pour une démonstration.

– Fredo Rapo en avait un, glissé derrière son oreille, dit Lou. Il y a aussi le porte-plume, cette fois c'est Blaise Rafale qui en avait un.

– Et la flûte de Pierre Josse : c'est creux, comme une sarbacane, remarqua Constantin.

Fredo Rapo, le docteur Josse et Blaise Rafale pouvaient donc techniquement être coupables. Mais cela n'éliminait pas les autres pour autant : l'aiguille avait aussi pu être enfoncée avec les doigts.

Ils décidèrent de rentrer à la Maison Jaune. Ils méritaient bien un bon repas, Mme Rose leur avait promis un repas français de A à Z, pour changer !

Place du Marché

Mardi 13 décembre, 14 h 20

La plaque de cuivre était vissée à l'entrée d'une petite maison en brique de la place du Marché.

Docteur Pierre Josse
Diplômé de la Faculté de Médecine
1er étage

Lou et Constantin sonnèrent, une femme vêtue d'une blouse grisâtre vint leur ouvrir la porte.

– Vous avez rendez-vous ? demanda-t-elle d'une voix revêche.

– Nous voudrions voir le docteur, répondit Constantin.

– Qui ça : vous ou elle ?

– Tous les deux.

La femme leur jeta un regard torve.

– Entrez et asseyez-vous, lâcha-t-elle à contrecœur. Le docteur ne va pas tarder.

La salle d'attente, qui servait également de bureau à la secrétaire, était déserte. Une plante verte en pot agonisait à côté d'une chaise bancale et d'un canapé défoncé. L'ensemble était miteux.

Assise derrière son bureau, la femme en blouse grise se limait les ongles. Lou s'approcha d'elle et entama la conversation.

– Heureusement que les médecins existent… commença-t-elle. Je n'ai cours qu'à trois heures et demie le mardi après-midi, ça tombe bien que le docteur puisse nous recevoir tout de suite. D'habitude on attend tellement longtemps avant d'obtenir un rendez-vous.

La lime à ongles glissa, entaillant superficiellement la chair du doigt. La femme poussa un petit cri et suça la blessure. Lou en profita pour jeter un œil sur le carnet de rendez-vous du docteur, ouvert sur le bureau. C'était bien ce qu'elle pensait : les patients ne se bousculaient pas au cabinet du docteur Josse.

– À qui le tour ?

Lou et Constantin reconnurent la diction particulière du docteur Josse.

– Ils sont ensemble ! grommela la secrétaire.

Il fallut quelques instants au docteur pour reconnaître les visiteurs. La mémoire des visages n'était pas son fort. Il se frotta les yeux sous ses lunettes à verre épais.

– Que faites-vous ici ?

– Nous voudrions vous poser quelques questions, expliqua Constantin.

Pierre Josse les fit entrer, il pouvait difficilement leur demander de partir. Il avait lu dans les journaux que la police avait rejeté l'hypothèse de la crise cardiaque et qu'elle ouvrait une enquête.

Il régnait dans la petite pièce une chaleur étouffante. Le médecin s'installa derrière son bureau et invita les visiteurs à s'asseoir sur les sièges lui faisant face. Constantin sortit de sa poche les photos d'Antoine de Beaupied et de Blanche Rafale, et les étala sur la table.

– Vous les reconnaissez ?

Le médecin s'empara d'une loupe qu'il posa sur les photos, passant lentement de l'une à l'autre.

– Désolé, je ne sais pas qui c'est.

– Des témoins les ont identifiés comme l'homme et la jeune femme qui étaient au bar à l'heure du crime.

Le docteur Josse secoua la tête en soupirant.

– Franchement, je ne peux rien affirmer. Je vois trop mal. Il y a bien une vague ressemblance…

Constantin se pencha vers le médecin.

– Pourquoi ne nous avez-vous pas dit que vous connaissiez Raoul Vauthier ?

Au lieu de répondre, le docteur Josse ouvrit le tiroir de son bureau et en sortit un paquet de cigarettes. Il le regarda un instant en silence, semblant hésiter sur l'attitude à adopter, puis le remit en place et referma le tiroir d'un coup sec.

– Parce qu'on m'aurait soupçonné ! lâcha-t-il, le regard flou. Je ne l'ai pas tué. Ce n'est pas moi.

– Que faisiez-vous au bar du *Majestic* ce jour-là ?

À nouveau, Pierre Josse ouvrit son tiroir. Cette fois, il prit une cigarette et l'alluma fébrilement. Il aspira goulûment la fumée, la recracha et commença à parler. Sa voix n'était plus la même, elle avait perdu son aplomb, c'était la voix d'un homme ému.

– Je suis dans une passe difficile, des dettes par-dessus la tête. Je voulais demander de l'argent à Raoul. Il en avait tellement et moi si peu. J'ai appris qu'il allait donner une conférence à Port d'Amar. J'ai tout de suite su qu'il descendrait au *Majestic* ! C'était notre rêve de gosse, on fantasmait sur ce palace. On s'imaginait riches et célèbres, louant une suite à l'année au dernier étage avec vue sur la mer !

Il chercha son portefeuille dans la poche de sa veste et en sortit une photo qu'il leur montra. Deux adolescents posaient devant le *Majestic* en prenant des airs importants. Avec leurs cheveux en arrière coiffés à la gomina, on aurait dit deux gangsters des années trente. Derrière eux, on apercevait une fille, mince et blonde, la tête en bas dans la position du poirier.

Lou et Constantin les reconnurent. C'étaient Raoul Vauthier et Pierre Josse.

– Elle, c'est Giroflée, précisa le docteur en montrant l'adolescente.

– Giroflée ? Ce n'est pas courant comme prénom ! C'est à cause d'elle que votre ami vous a fracturé la mâchoire ? interrogea Lou à tout hasard.

Pierre Josse se leva et alla jeter sa cigarette par la fenêtre. Il se demanda comment elle était au courant de cette histoire. Il soupira. De cela aussi, il allait devoir parler !

– Raoul se comportait mal avec Giroflée. Il lui susurrait qu'il l'aimait, mais en fait il avait une autre petite amie en dehors de la pension. Je le savais, il me l'avait avoué. Je lui ai dit ce que j'en pensais, ça l'a rendu furieux. Il m'a balancé un coup de poing dans la figure.

Ce n'était pas exactement la version de l'homme à tout faire du pensionnat des Sablons, mais peut-être ce dernier ne savait-il pas tout.

Pierre Josse continua :

– Raoul était comme ça : violent, irascible, égoïste. Pourtant, c'était mon ami...

Le médecin avala sa salive. Remuer tous ces souvenirs n'était pas facile. Mais il était content de prononcer le nom de Giroflée. Il l'avait tant aimée.

Constantin revint sur le jour du meurtre :

– Dites-nous ce qui s'est passé samedi après-midi.

Le docteur Josse alla se rasseoir dans son fauteuil.

– Je suis allé au bar et j'ai attendu que Vauthier arrive. J'étais sûr qu'il finirait par venir. Le bar, c'était ce qui nous plaisait le plus au *Majestic.* On avait entendu dire qu'ils faisaient un cocktail à la noix de coco détonant ! Lorsque Raoul est entré, je n'ai pas eu de mal à le reconnaître. Il portait toujours le même costume stupide d'Indiana Jones. À son âge, c'était ridicule !

– Vous lui avez parlé ? demanda Lou.

Pierre Josse secoua la tête.

– J'hésitais à l'aborder. J'ai eu l'idée de jouer un morceau de flûte qu'il connaissait. Une petite mélodie que j'avais composée à quinze ans pour Giroflée. J'ai pensé qu'il réagirait en l'entendant, mais il n'a pas bougé. Il m'avait oublié, tout simplement ! J'étais bien bête de croire qu'il allait me prêter de l'argent après tout ce temps.

Les regards de Lou et Constantin se croisèrent. Que fallait-il penser du récit du docteur Josse ? Petit médecin endetté dans un cabinet miteux, sa vie n'était pas folichonne. L'envie, la jalousie étaient des mobiles plausibles. Mais si le docteur était coupable, leur aurait-il raconté tout cela ?

Lou et Constantin se retrouvèrent dans la rue. Le vent qui s'était mis à souffler soulevait la neige accumulée sur le trottoir. Ils relevèrent le col de leur veste. Dans les vitrines des magasins, des guirlandes lumineuses leur faisaient des clins d'œil en annonçant *Joyeuses fêtes ! Bonne année !*

– Tu as eu bien raison de choisir des branches de sapin plutôt que cette quincaillerie électrique, c'est beaucoup plus joli ! dit Constantin.

Lou glissa son bras sous celui de son oncle.

Il ajouta :

– Et puis ce qu'il y a de bien, c'est que tes décorations n'attirent personne !

Lou se mit à rire. Son oncle n'avait pas tort : à part Églantine Zondac, les clients ne se bousculaient pas au *Samovar* ces derniers temps ! Pourtant c'était bientôt Noël.

Morgue de Port d'Amar

Mercredi 14 décembre, 17 h

Grodeck, le copain médecin légiste de Constantin, avait téléphoné à seize heures au *Samovar.* Il avait des nouvelles intéressantes. Constantin et Lou passèrent prendre Stanislas chez lui et ils allèrent ensemble à la morgue. En chemin, la jeune fille raconta à son ami leur entrevue de la veille avec le docteur Josse.

– En tout cas, si c'est lui qui a tué Vauthier, ce n'était pas avec sa flûte comme sarbacane, décréta Lou.

– Ah bon, pourquoi ? demanda Stanislas.

– Il voit bien trop mal pour viser juste à cette distance !

C'était finement observé et Constantin reconnut qu'il n'y avait pas pensé.

Grodeck les attendait dans son grand bureau-laboratoire. C'était une salle froide, toute carrelée de blanc. Avec sa combinaison et ses cheveux couleur de neige, le légiste se fondait dans le décor.

– Je suis à vous dans une seconde, dit-il en transvasant avec précaution un liquide jaune dans un tube à essai.

Puis il ouvrit un congélateur et y plaça le tout.

– De l'urine d'assassin présumé ! expliqua-t-il avec un petit rire sec en refermant la porte du frigo.

Il se tourna vers Constantin.

– Tu te souviens de mon copain canadien Louis Paquin ?

– Le type qui passe ses jours et ses nuits à quatre pattes pour étudier les araignées ?

– Précisément ! Je lui ai envoyé un prélèvement du poison récupéré sur l'aiguille. Comme ça, pour avoir son avis. Verdict : c'est du venin d'araignée ! Une espèce rarissime : une petite tarentule poilue noire à pois rouges qui vit dans les arbres des forêts vierges.

Lou s'étonna :

– C'est mortel pour l'homme, le venin d'araignée ?

– T'inquiète pas, ce n'est pas si courant que ça. À peine 0,2 % des trente-six mille espèces d'araignées répertoriées dans le monde ont un venin capable de tuer un humain.

La jeune fille poussa un soupir, rassurée. Elle prit son carnet noir et nota :

Qui peut facilement se procurer du venin d'araignée ?
P. Josse : en tant que médecin, il doit avoir accès à des poisons.
W. Scott : elle habite au Mexique, la tarentule noire à pois rouges vit dans les forêts tropicales.

Stanislas interrogea Grodeck sur les effets du venin.

– Il bloque le cœur de la victime et la mort survient en quelques secondes, pas plus compliqué que ça !

– Comme s'il avait eu une crise cardiaque ? s'enquit Constantin.

Grodeck acquiesça : c'était exactement cela.

– Vous avez affaire à un assassin plein d'imagination ! constata-t-il.

– Leduc est au courant pour le venin ? demanda Constantin.

– Pas encore, tu as la primeur !

– Je me charge de le lui dire, ça risque de le perturber.

– Tu as raison, le Gibbon n'aime pas trop les meurtriers inventifs ! ricana Grodeck.

Lou et Stanislas décidèrent de retourner à la Maison Jaune pour faire leurs devoirs. Lou avait pris beaucoup de retard. Et puis elle préférait éviter les petites remarques du lieutenant de police.

Commissariat de Port d'Amar

Mercredi 14 décembre, 18 h

Constantin se rendit aussitôt au commissariat, situé à proximité de la morgue. Ce chemin, il le connaissait par cœur pour l'avoir effectué des centaines de fois.

Parvenu au deuxième étage, il longea le long couloir sans fenêtre et poussa la porte du bureau de Leduc. Rien n'avait changé depuis sa dernière visite, la pièce sentait toujours la frite grasse et le café froid.

Assis derrière sa table de travail, le lieutenant engouffrait précipitamment le beignet aux framboises que sa femme avait glissé dans sa sacoche en cuir. Apercevant la silhouette massive de son ancien patron, il chassa les miettes grasses tombées sur son ventre bedonnant.

– Tu tombes à pic, lança-t-il la bouche pleine. Le testament vient d'être ouvert !

– Alors, qui est l'heureux héritier ?

– Sa fille !

Constantin fronça les sourcils.

– Quelle fille ? Je croyais qu'il n'avait pas d'enfant.

– Pas avec la veuve, mais avec une autre femme, bien avant son mariage.

– Alors Ingrid n'hérite pas ?

– Pas un radis ! Ça a dû être un coup dur pour elle, commenta Leduc.

– Pourquoi a-t-il fait cela à ton avis ?

– Le notaire nous a dit que Raoul Vauthier avait l'intention de divorcer, il avait déjà fait toutes les démarches nécessaires, sans en parler à sa femme.

Constantin ne fut pas trop surpris par la nouvelle. L'archéologue n'avait pas l'air d'aimer son épouse. Il demanda à Leduc ce qu'il savait de l'héritière.

Le lieutenant croisa ses mains sur son gros ventre. Il était content d'en savoir plus que Constantin sur le sujet.

– Elle s'appelle Blanche Poulard. Elle a tout juste dix-huit ans et figure-toi qu'elle habite ici, à Port d'Amar ! Le notaire a eu sa mère, Francine Poulard, en ligne ce matin. Il m'a appris que la fille venait de se marier. Les jeunes époux vont pouvoir refaire le salon à neuf ! ricana Leduc, fier de sa plaisanterie.

Constantin lissa sa moustache. Blanche Poulard, dix-huit ans, récemment mariée, vivant à Port d'Amar… cela faisait un peu trop de points communs avec Blanche Rafale, et comme il aimait à le répéter : dans son métier, les coïncidences n'existent pas !

Si la jeune femme était l'héritière, cela lui faisait un mobile pour assassiner Vauthier. Pour le moment Constantin préférait ne pas en parler à Leduc. Il risquait de s'empresser d'arrêter Blanche. Le détective se contenta de lui demander des nouvelles de Beaupied.

Leduc recula dans son fauteuil et tourna ses pouces l'un contre l'autre avec un air de profonde satisfaction.

– On a perquisitionné son château de La Pasture et devine ce qu'on a découvert ?

Constantin soupira, les devinettes de son collègue l'avaient toujours agacé.

– Une magnifique statuette en jade ! Un serpent à plumes de l'époque maya, datant d'au moins mille cinq cents ans, lâcha Leduc. Valeur énorme. Beaupied prétend que l'objet est dans sa famille depuis plusieurs générations, mais Interpol affirme qu'il a été dérobé par Raoul Vauthier il y a quinze jours.

– Beaupied ment ?

– On a retrouvé ses empreintes digitales sur la mallette en croco qui était sous le fauteuil de Vauthier. Ce n'est pas encore une preuve formelle de la transaction, mais c'est un bon début. On va épingler Beaupied pour recel de marchandise et j'espère ensuite pour meurtre.

– Tu as des preuves ?

– Pas besoin, je le ferai avouer. Tu verras, ça ne va pas traîner ! clama Leduc, accélérant la cadence de ses pouces.

Le lieutenant était heureux et cela se voyait. Finalement, il allait résoudre l'affaire sans l'aide de Pitakof ! Constantin tendit la main à son ancien collègue, il n'était pas mécontent d'être à la retraite. Il n'aimait pas plus la couleur des murs du commissariat que les certitudes de Paul Leduc.

Dehors, la bise glacée lui brûla les oreilles, il commençait à faire très froid dans Port d'Amar. Il était temps que Constantin ressorte son gros bonnet de laine, celui qui lui donnait une mine patibulaire. Mais où l'avait-il rangé ? Il fallait qu'il le demande à Mme Rose.

Il marcha vite et se retrouva bientôt devant la grille de la Maison Jaune. La grosse bâtisse était plongée dans l'obscurité, aucune lumière ne brillait aux fenêtres. Intrigué, il sortit sa clef et ouvrit la porte.

– Il y a quelqu'un ? cria-t-il.

Moby Dick arriva en miaulant et se frotta contre ses jambes.

– T'es tout seul ?

– Miaou ! Miaou ! répéta l'animal, ravi de trouver un compagnon dans la maison déserte.

Il y avait un mot posé sur la table du vestibule. Constantin reconnut l'écriture de sa nièce.

Je dîne chez Stan. Mme Rose est au cinéma avec Églantine Zondac. Il y a des krougli de poulet dans le frigo.

Constantin était déçu et un peu surpris. Que faisait Mme Rose avec Mme Zondac ? Tout à coup, il se rappela qu'elles étaient vaguement amies. C'était d'ailleurs Mme Rose qui avait conseillé à Églantine Zondac de s'adresser à lui lorsque son siamois avait disparu. Il se demanda comment Mme Rose pouvait supporter la vieille dame.

Pour se consoler, il se prépara un plateau télé avec les krougli. Il s'installa sur son lit, l'assiette sur les genoux et commença à zapper sur toutes les chaînes. Il finit par tomber sur un vieux *Columbo*. Ce qui lui plaisait dans ce feuilleton, c'est que l'on savait dès le début qui était le coupable. On avait l'impression d'être plus fort que l'inspecteur Columbo qui, lui, devait ramer pour le découvrir.

Moby Dick monta le rejoindre et se pelotonna sur son ventre en ronronnant de plaisir.

Maison Jaune

Jeudi 15 décembre, 13 h 12

Mme Rose tourna le bouton de la radio. Le présentateur termina le flash d'information et annonça une valse de Johann Strauss. Aussitôt la musique se répandit dans la cuisine. Tendant les bras vers un cavalier invisible, Mme Rose se mit à tournoyer. Bientôt, le visage du danseur apparut sous ses yeux : le nez fin, le regard sombre, les épaules larges. C'était toujours ainsi qu'elle voyait M. Rose, bien qu'il n'y en ait jamais eu. Pourtant elle ne regrettait rien, elle avait passionnément aimé son métier de trapéziste et maintenant elle aimait sa vie à la Maison Jaune.

Soudain, son pied glissa sur un demi-citron écrasé. Elle manqua tomber, mais Constantin la rattrapa au vol.

– Vous étiez là ?

– Je vous admirais, dit-il, la prenant par la taille et l'entraînant à nouveau à travers la cuisine.

Lou et Stanislas, qui rentraient du lycée pour déjeuner, les aperçurent par la fenêtre de la cuisine en train de valser.

– Comme ils sont mignons ! s'exclamèrent-ils en même temps.

La musique se terminait tout juste lorsqu'ils rejoignirent les danseurs.

– J'aurais quand même préféré *L'Oiseau de feu*[*] ! lança Constantin en se laissant tomber sur une chaise.

– Vous n'aimez pas Strauss ? s'étonna Mme Rose.

– Je valse mieux sur de la musique russe.

– Encore mieux ?

Constantin grogna de plaisir.

– Flatteuse !

Mme Rose gloussa.

– Il est temps de passer à table, il y a de la bonne soupe chaude qui fait grandir dans la marmite !

– Je ne sais pas si j'ai encore envie de grandir, mais j'ai une faim de loup, déclara

* *Ballet du compositeur russe Igor Stravinsky.*

Constantin en plongeant sa cuillère dans le bol de soupe.

Tout en mangeant, il raconta son petit entretien avec le lieutenant Leduc et ce qu'il avait appris concernant l'héritage de Raoul Vauthier.

Stanislas et Lou faillirent s'étrangler.

– Blanche ? La fille de Vauthier ? s'écria Lou.

– Il faut quand même vérifier, dit Constantin.

– Je vais me servir de mon logiciel espion pour consulter le service de l'état civil de la préfecture de Port d'Amar. J'arriverai bien à trouver le nom de jeune fille de Blanche Rafale.

Ils convinrent de se retrouver au *Samovar* à cinq heures.

Lou, qui n'avait pas cours l'après-midi, décida d'aller s'allonger sur son lit pour lire. Elle monta l'escalier et entra dans sa chambre. Moby Dick était au milieu de la pièce. Il avait les oreilles en arrière, la queue toute droite pointée vers le ciel et crachait comme une baleine.

– Qu'est-ce qui t'arrive, tu as vu un fantôme ?

C'est alors que Lou vit la boîte dans laquelle elle rangeait ses photos. Elle était renversée sur le tapis de sa chambre. Cela ne pouvait être que l'œuvre du chat.

– Mais qu'est-ce que tu as fait, Moby ? s'écria-t-elle, mécontente.

Le chat se mit alors à balancer des coups de pattes dans le tas, répandant les photos à travers la pièce.

– Arrête ça tout de suite ! gronda Lou en se jetant sur lui.

Mais Moby Dick continua, comme si c'était un jeu. La jeune fille dut l'attraper à bras le corps pour l'arrêter. Elle le fixa dans ses yeux jaunes et chercha à comprendre la raison d'un si curieux comportement. Elle commença à se demander si le manège du chat avait une signification. À plusieurs reprises déjà, l'animal lui avait indiqué des pistes à suivre en attirant son attention par des bêtises. Si Moby Dick avait joué avec ses photos aujourd'hui, il avait peut-être de bonnes raisons de le faire.

Elle s'assit sur son lit pour réfléchir. Par la fenêtre de sa chambre, elle regarda le ciel et se concentra. Des photos, dans l'affaire Vauthier, il y en avait plusieurs. La photo d'Antoine de Beaupied découpée dans un magazine, celles de Blanche Rafale que son oncle avait prises et le cliché de Pierre Josse et Raoul Vauthier enfants, devant le *Majestic*. Moby Dick avait raison sur un point : l'enquête autour de la mort de l'archéologue était truffée de photos.

Elle prit son petit carnet noir à tranche dorée et nota :

*Le coupable est-il l'une des 3 personnes
se trouvant sur les photos : A. de Beaupied,
Blanche, P. Josse ?*

Elle réfléchit un instant et ajouta :

*Qui était Vauthier ?
– D'après l'archéologue de la librairie
des Deux Mondes : un tricheur qui a acquis
sa réputation grâce à son beau-père,
Olaf Jurgenson
– D'après la police : un voleur
– D'après sa femme : un homme sans histoire,
qui faisait son travail
– D'après P. Josse, Santorin et Léonie Legrand :
un homme violent.
Détail important : Vauthier a une fille,
il lui lègue sa fortune et déshérite sa femme
qu'il n'aimait plus.*

Lou relut ses notes. Il fallait bien se rendre à l'évidence : Raoul Vauthier n'était pas très sympathique ! Mais aucun homme ne méritait de mourir ainsi et il fallait trouver son assassin.

Elle reprit son carnet et écrivit, cette fois au feutre rouge :

Les mobiles :
Ingrid Vauthier : argent (si elle ignorait que l'héritage lui échappait), vengeance (si elle savait que son mari voulait la quitter, ou parce qu'il était violent avec elle)
Pierre Josse : jalousie (son cabinet ne marche pas, il n'a pas de patients, il a lui-même reconnu qu'il voulait emprunter de l'argent à R. Vauthier), vengeance (RV lui a semble-t-il pris Giroflée, la fille qu'il aimait)
Blanche Rafale (si elle est la fille de RV) : argent (elle hérite)
Blaise Rafale (si sa femme est bien la fille de RV) : argent (sa femme hérite)
Antoine de Beaupied : est en affaires avec RV, mobile lié au trafic d'œuvres d'art ou à l'achat de la statuette du serpent à plumes
Fredo Rapo : argent (a vu la mallette et a cherché à s'en emparer, cela ne tient pas vraiment debout car le meurtre a dû être prémédité). A déjà été en prison pour vol et escroquerie
Willie Scott : mobile inconnu, aucun rapport apparent entre elle et RV.

Soudain, un miaulement aigu attira son attention. Moby Dick ! Elle ouvrit la fenêtre et le chercha du regard dans le jardin. Elle finit par le repérer, perché sur la plus haute branche du grand chêne.

– Moby ! Qu'est-ce qui t'arrive encore ? Tu ne sais pas redescendre ?

Pour toute réponse, le chat poussa un cri déchirant.

– Quel idiot ! souffla Lou.

Elle n'avait plus qu'à aller le récupérer. Elle descendit au garage, prit l'échelle qui s'y trouvait et l'apporta près du chêne. Elle grimpa jusqu'au chat. Moby Dick, reconnaissant, se pressa contre sa maîtresse en ronronnant et se laissa transporter sur la terre ferme.

– Si tu as fait tout ça pour te faire remarquer, Moby chéri, c'est inutile. Je t'aime, tu devrais le savoir ! D'ailleurs, pour les photos, je vais suivre ton conseil. J'ai une idée ! dit-elle en déposant un baiser sur sa truffe.

Le Samovar

Jeudi 15 décembre, 17 h

Ils s'étaient tous retrouvés à l'heure au rendez-vous. Malheureusement, un client traînait dans la boutique. Un touriste américain à la recherche du petit souvenir à rapporter dans son pays. Lou s'occupa de lui et réussit à lui fourguer la maquette du paquebot *France* dans une bouteille en verre. Constantin était ravi, c'était l'un des rares objets de sa boutique auquel il ne tenait vraiment pas du tout.

Stanislas attendit que l'Américain s'en aille pour retourner le panneau suspendu à la porte. De l'extérieur, on lisait maintenant : *Le Samovar est fermé jusqu'à ouverture.* La formule, rédigée par Constantin, les autorisait à toutes les fantaisies d'horaire.

Le garçon se tourna vers ses amis et annonça la nouvelle :

– Blanche Rafale est bien la fille de Francine Poulard ! Mais officiellement, elle est née de « père inconnu ».

Constantin expliqua :

– Cela signifie que Raoul Vauthier ne l'a pas reconnue comme sa fille. Il n'a pas dû s'en occuper beaucoup. En tout cas, il s'est rattrapé en faisant d'elle son unique héritière !

– J'ai continué mes recherches sur Blanche, reprit Stan. Figurez-vous qu'elle est comédienne. Elle fait partie d'une troupe et joue une pièce de Shakespeare en ce moment au Théâtre du Vieux Port.

– Une comédienne, ça joue la comédie, remarqua Constantin. Les larmes, l'évanouissement dans les bras de Lou à la conférence, c'était peut-être une mise en scène destinée à nous induire en erreur.

– Vous vous rappelez de cette fille dont nous a parlé Pierre Josse ? interrogea Lou. Celle que Raoul et lui aimaient. Je suis retournée au pensionnat des Sablons tout à l'heure, pour savoir si Santorin se souvenait d'une certaine Giroflée qui avait été la petite amie de Raoul. Il m'a répondu que oui. Je lui ai demandé s'il pouvait me trouver une photo de classe où on la voyait. Il s'est empressé d'aller m'en chercher une dans les archives. Je crois que cela l'amuse beaucoup de participer à une enquête.

Elle sortit la photo de son cartable et la leur montra.

– Giroflée est au premier rang, la troisième en partant de la gauche. On a de la chance, c'est l'une des élèves que l'on voit le mieux.

Ils examinèrent la fille. Sans être vraiment belle, elle avait beaucoup de charme, bien qu'une marque rouge lui barrât le haut de la pommette, juste sous l'œil droit.

– C'est quoi cette balafre ? s'étonna Stan.

– D'après Santorin, elle se serait blessée lors d'une expérience en cours de chimie. Elle a failli être aveugle…

– Plutôt dangereux d'être élève au pensionnat des Sablons, commenta le garçon. Mâchoire fracturée, joue à moitié arrachée…

Lou glissa ses mains dans les poches de son pantalon avec un sourire espiègle.

– Les garçons, une cicatrice sous l'œil, cela ne vous rappelle rien ?

– Willie Scott ! s'exclama Constantin.

– Exactement ! Elle a une cicatrice sous l'œil droit, comme Giroflée.

– Qu'est-ce que tu es en train d'imaginer ? s'écria Stanislas. Tu crois que Willie Scott est cette Giroflée ?

Constantin se balança dans son fauteuil à bascule. Si l'intuition de Lou était bonne, elle venait de faire une sacrée trouvaille.

– Comment as-tu eu l'idée de chercher du côté de cette fille ?

– C'est Moby ! J'ai compris qu'il voulait que je m'intéresse à une photo. Et Giroflée, cette fille qui faisait le poirier sur le cliché de Pierre Josse, m'intriguait.

– Toi et ton chat policier ! ricana Stanislas.

– Je sais, tu es trop rationnel pour reconnaître que Moby a des dons extra-sensoriels, n'empêche !

– Ton Santorin t'a-t-il donné le nom de famille de Giroflée ? demanda Constantin.

– Silligipine. Giroflée Silligipine !

Constantin eut l'air content.

– Tant mieux ! fit-il. Si elle s'était appelée Dupont, on aurait eu plus de mal à retrouver sa trace !

Résidence des Crevettes

Vendredi 16 décembre, 17 h 45

Dans l'annuaire de Port d'Amar, Stanislas et Lou n'avaient trouvé effectivement qu'une seule Silligipine, prénommée Aglaé. Probablement la mère, la tante ou la sœur de Giroflée.

Devant l'appartement B12 de la résidence des Crevettes, Lou sortit son peigne de sa poche et traça une raie bien droite dans les cheveux en désordre de Stan.

– Voilà ! Comme ça, au moins, tu ne lui feras pas peur. Mais reste quand même derrière moi, conseilla Lou. Je ne suis pas certaine qu'elle apprécie ton jean déchiré.

– Tu crois que tu fais meilleur effet avec ton bonnet rose et ta doudoune dorée ?

– Évidemment ! déclara Lou en sonnant à la porte d'Aglaé Silligipine.

Ils entendirent des pas légers, puis une petite voix qui demanda :

– Qui c'est ?

– Nous vendons des cartes de Noël, répondirent les jeunes gens, se serrant l'un derrière l'autre pour qu'elle puisse bien les voir à travers son judas.

La porte s'ouvrit. Mme Silligipine, la soixantaine, en peignoir rose, les observa en penchant la tête.

– Je viens d'éteindre *Les Ailes de l'amour*, fit-elle avec un gentil sourire. Vous tombez à pic !

Puis, voyant leur expression, elle ajouta :

– Oh, je vois que vous ne connaissez pas *Les Ailes de l'amour*... C'est mon feuilleton préféré ! Je le suis tous les jours. Aujourd'hui, Cindy a annoncé à Bart qu'elle était enceinte. Mais elle ne lui a pas dit que l'enfant était d'un autre, susurra Mme Silligipine en les faisant entrer dans son salon.

Ils découvrirent un temple en l'honneur des fleurs. Il y en avait partout et de toutes les couleurs. Sur le papier peint qui recouvrait les murs, sur les rideaux déjà tirés, sur les tables, assemblées en bouquets, et surtout dans l'air saturé de leurs parfums. Elles se ressemblaient toutes, seules leurs couleurs les différenciaient.

– J'espère que vous aimez les giroflées, gloussa Mme Silligipine, rentrant la tête dans son cou fripé.

C'étaient donc des giroflées ! Ils ne s'étaient pas trompés en allant sonner à la porte d'Aglaé Silligipine. Elle était sûrement de la famille de Giroflée.

– Alors, montrez-moi ces jolies cartes de vœux ! s'écria-t-elle.

Lou et Stan déballèrent leur marchandise sur la table en acajou vernis : une trentaine de cartes dessinées à la main et parsemées de paillettes. Ils n'avaient jamais osé les envoyer… Mme Silligipine s'extasia :

– Quelle merveille ! C'est vous les artistes ?

Lou et Stan hochèrent la tête en grimaçant.

– Cela va être difficile de faire un choix, elles sont toutes si charmantes !

– Si nous avions su, nous aurions dessiné des giroflées, plaisanta Lou.

– Vous ne pouviez pas savoir. Giroflée est ma fille ! Un prénom ravissant, vous ne trouvez pas ?

– Ravissant et très original. Votre fille est-elle fleuriste ? demanda Lou.

– Pas du tout, elle est archéologue ! répondit la vieille dame avec une certaine fierté.

Puis elle ajouta, en joignant ses mains pâles à la hauteur de son visage :

– Du moins, je le crois.

– Vous voulez dire que vous n'en êtes pas sûre ?

– Elle est partie aux États-Unis avec son petit ami il y aura bientôt dix-neuf ans, pour faire ses études à l'université de Yale, près de New York. Giroflée a toujours adoré les vieilles pierres, tout le contraire de moi qui n'aime que les fleurs. Hélas, nous ne l'avons pas revue depuis !

– Comme elle doit vous manquer ! s'émut Lou.

Une ombre passa sur le visage d'Aglaé Silligipine.

– Oh oui ! soupira-t-elle. Je ne voulais pas qu'elle s'en aille, mais que voulez-vous ? Elle me répétait sans cesse : « Maman, je suis majeure et vaccinée. Je veux vivre ma vie ! »

– Pourquoi n'est-elle jamais revenue vous voir ? demanda Lou.

– Peut-être nous en veut-elle encore. Son père et moi n'aimions pas du tout son petit ami. D'ailleurs, je n'arrive même plus à me souvenir de son nom. Enfin, ils se sont sans doute mariés et n'ont jamais osé nous le dire. J'espère qu'un jour elle reviendra. Je le souhaite de tout mon cœur. Mais je parle trop, je vous fais perdre votre temps, vous avez vos cartes à vendre.

Ils protestèrent. Elle ne les ennuyait absolument pas et ils avaient tout leur temps. Aglaé Silligipine posa ses mains fanées sur celles des jeunes gens.

– Merci, vous êtes gentils ! Cela me fait du bien de parler de Giroflée. Vous voulez voir sa photo ?

Bien sûr ils le voulaient. Elle alla leur chercher son précieux album rangé dans une vitrine. Il était rempli de photos de Giroflée : à deux jours, à trois mois, à quatre ans, à dix, à dix-huit.

– Celle-ci, je l'ai prise le jour de son départ. Elle avait encore sa vilaine cicatrice, un horrible accident. Elle faisait une expérience à l'internat en cours de chimie. Son petit ami lui a arraché les instruments qu'elle utilisait et l'a blessée. Elle nous a dit qu'il n'avait pas fait exprès, mais je ne l'ai pas cru. Oh que je n'aimais pas ce garçon ! Non vraiment, je ne l'aimais pas, fit-elle en secouant ses boucles grises.

Lou expliqua à Mme Silligipine que son oncle avait travaillé dans la police et qu'il pourrait tenter de retrouver sa fille. La mère de Giroflée eut un petit sourire triste. Elle voulait bien essayer. Lou et Stanislas lui demandèrent s'ils pouvaient conserver une photo de Giroflée pour faciliter les recherches. Elle leur donna l'une des meilleures qu'elle avait, puis les guida vers la porte après avoir acheté une douzaine de leurs cartes.

– Allez, roulez jeunesse ! Je vous ai fait assez perdre de temps comme cela. Passez donc chez ma voisine, Mme Belfroid. Je suis sûre qu'elle vous en achètera aussi.

Elle ajouta, en plissant ses jolis yeux bleus :

– Elle s'embête tellement !

Le Samovar

Vendredi 16 décembre, 19 h

Finalement, Lou et Stanislas évitèrent Mme Belfroid. Tant pis pour l'argent de poche qu'ils auraient pu gagner en lui vendant leurs cartes. Ils rentrèrent directement au *Samovar* où Constantin les attendait. Ils racontèrent comment Giroflée avait disparu après son départ pour les États-Unis avec son petit ami. Là-bas, elle s'était inscrite à l'université de Yale, la même que celle que Raoul Vauthier avait fréquentée pendant un an. Ils commençaient tous les trois à se demander si l'archéologue n'avait pas joué un rôle dans la disparition de Giroflée.

– En tout cas, contrairement à ce que croit sa mère, Giroflée n'a pas épousé Vauthier. Il ne s'est marié qu'une fois et c'était avec Ingrid Jurgenson.

Ils regardèrent ensemble la photo que leur avait confiée Aglaé. La ressemblance avec Willie Scott n'était pas flagrante. Giroflée était si blonde ! Elle avait aussi les yeux bleus et la peau pâle, comme sa mère. On était loin de la brune Willie Scott. Pourtant, Lou et Constantin notaient une certaine ressemblance dans les traits de leur visage.

Stanislas parla alors d'un programme informatique mis au point par le FBI*. Un procédé qui permettait de « vieillir » un visage en imaginant ce que produiraient les marques du temps. On pouvait ainsi recomposer l'image de la personne dix ou vingt ans plus tard.

– Ne me dis pas que tu as ce programme sur ton ordinateur ! gronda Constantin.

Le garçon sourit, dévoilant ses dents de devant écartées.

– Sacripant, tu l'as piraté !

* Federal Bureau of Investigation : *services secrets des États-Unis.*

Impasse des Acacias

Samedi 17 décembre, 11 h

Lou avait décidé de se rendre seule chez Blanche Rafale. Elle pensait avoir plus de chance d'obtenir des informations intéressantes si elle se trouvait en tête à tête avec elle.

La jeune femme ouvrit la porte et s'étonna de la voir.

– Ça alors, toi ici ! Comment tu as eu mon adresse ?

– Un jeu d'enfant ! N'oublie pas que je suis détective à mes heures, répondit Lou. Mon écharpe me manquait… Et puis surtout, j'avais envie d'avoir de tes nouvelles.

– C'est gentil. Tu sais, depuis qu'on s'est vues, je ne vais pas fort.

Cela se voyait, elle avait les traits tirés et de profonds cernes sous ses yeux clairs.

– Qu'est-ce qui se passe ? demanda Lou avec douceur.

Blanche hoqueta :

– C'est mon mari… Il a disparu !

– Depuis quand ?

– Hier soir. Il n'est pas rentré cette nuit, je suis très inquiète.

– Si tu me racontais tout ? proposa Lou.

Blanche acquiesça ; elle semblait soulagée de pouvoir enfin se confier à quelqu'un. Elle raconta comment tout avait commencé trois mois auparavant, le jour de ses dix-huit ans, alors qu'elle vivait encore chez sa mère. Elle avait trouvé dans sa boîte aux lettres une carte d'anniversaire signée du nom d'un inconnu : Raoul Vauthier. Elle avait pensé à un admirateur qui l'avait vue jouer au théâtre car elle commençait à avoir pas mal de succès avec sa dernière pièce. Mais deux jours plus tard, elle avait reçu un courrier de ce même Raoul Vauthier lui fixant un rendez-vous à l'hôtel *Majestic* le samedi 10 décembre, à 17 h 30 précises. Il disait qu'elle n'aurait pas de mal à le reconnaître car il serait habillé comme Indiana Jones.

Blanche n'avait pas parlé de la lettre à sa mère, seulement à son fiancé Blaise. Le jeune professeur avait alors fait des recherches sur ce dénommé Vauthier. Il avait découvert qu'il était un archéologue réputé, auteur de plusieurs livres. Blaise ne comprenait pas ce que cet homme voulait à sa fiancée et il était assez fâché.

Dans sa tête, Blanche avait échafaudé une histoire. L'homme était peut-être le père qu'elle n'avait jamais connu ! La seule information que sa mère lui avait divulguée à son sujet était en effet que celui-ci était archéologue. À partir de ce jour, Blanche avait vécu dans l'attente du rendez-vous du 10 décembre.

Finalement, le jour J était arrivé. Blaise avait voulu l'accompagner mais, à la dernière minute, elle avait refusé. Elle s'était donc rendue seule au bar, le cœur battant et la bouche sèche. Elle avait reconnu Raoul Vauthier sans peine grâce à son chapeau de toile et à sa veste de cuir. Elle avait eu comme un coup au cœur : cet homme était peut-être son père ! Elle était tellement émue et intimidée qu'elle n'avait pas osé lui adresser la parole et elle était repartie.

Une fois dans la rue, elle s'était mise à pleurer sans pouvoir s'arrêter. Elle avait erré seule dans Port d'Amar pour essayer de se calmer. C'est par hasard qu'elle était passée devant la librairie des *Deux Mondes* et qu'elle avait vu le visage de l'archéologue sur une affiche. Raoul Vauthier donnait une conférence à la librairie le lendemain. Le destin lui donnait une seconde chance !

– La suite tu la connais, puisque tu étais là, termina Blanche.

– Savais-tu que ton mari était lui aussi au bar du *Majestic* ce fameux samedi ?

– Absolument pas ! Je ne l'ai deviné que ce matin en découvrant le chapeau et les lunettes noires qu'il avait cachés au fond du placard de la salle de bains.

Lou avait du mal à comprendre. Blanche s'expliqua :

– Au bar, j'avais remarqué un jeune homme assis dans un coin qui portait un chapeau mou noir et des lunettes fumées. En trouvant le déguisement de Blaise, tout à l'heure, j'ai eu un flash. J'ai compris que ce garçon était Blaise. Il m'avait suivie pour me protéger !

– Quand vous vous êtes retrouvés le soir, Blaise ne t'a rien dit ? Il n'a pas parlé de la mort de Vauthier ?

– Non, et j'ignore pourquoi. Mais je suis certaine que sa disparition a un rapport avec le décès de mon père. Parce que maintenant, je sais que Raoul Vauthier était mon père. Ma mère m'a tout avoué !

– Blaise sait-il que tu hérites de la fortune de ton père ? demanda Lou.

Un frisson parcourut le corps de Blanche.

– Ma mère a reçu la lettre du notaire hier, elle nous a tout de suite appelés pour nous prévenir. Blaise est au courant. Si c'est à cause de cet héritage qu'il a disparu, je n'en veux pas ! Je préfère Blaise à tout l'argent du monde.

Lou lui tapota l'épaule et lui promit de l'aider à le retrouver.

Le Samovar

Samedi 17 décembre, 14 h

Stanislas posa son sac à dos sur le comptoir du *Samovar* et en sortit deux photos. Lou et Constantin se penchèrent dessus. La première, confiée par Mme Silligipine, représentait Giroflée à dix-huit ans : une jeune fille blonde aux yeux bleus et à la peau pâle. La seconde, obtenue par ordinateur, montrait Giroflée telle qu'elle était censée devenir à quarante ans. Quelques rides étaient apparues autour de ses yeux, sur son front, d'autres marquaient sa bouche dont les contours étaient désormais moins fermes. Elle avait toujours sa cicatrice au coin de l'œil, mais moins marquée.

– Maintenant, Giroflée Silligipine vieillie par ordinateur en version brune et yeux marron, annonça Stanislas en brandissant une troisième photo.

Cette fois, il n'y avait pas de doute, c'était Willie Scott avec 99 % de chances ! Giroflée s'était teinte en brune, portait des lentilles de contact colorées et se faisait appeler Willie

Scott. Cela expliquait pourquoi les bras de la soit-disant Américaine étaient si blancs et pourquoi Léonie Legrand lui avait vu des yeux bleus. Elle l'avait tout simplement surprise sans ses lentilles. Tout cela n'était donc que du camouflage.

– Ce n'est pas tout ! annonça Stan. J'ai entré le nom de Willie Scott dans un moteur de recherche sur internet. Devinez ce que j'ai trouvé... Willie Scott est le nom de la petite amie d'Indiana Jones dans *Les Aventuriers de l'Arche perdue* ! C'est certain, il y a un lien plus qu'étroit entre Raoul Vauthier et Giroflée-Willie.

Constantin torsada la pointe de sa moustache.

– Mais pourquoi Giroflée a-t-elle changé de nom ? interrogea-t-il. Elle devait avoir une bonne raison pour changer d'identité.

– Par exemple, commettre un crime ! suggéra Stanislas. C'est vrai, si elle arrive en déclarant qu'elle est Giroflée, l'ancienne copine de Raoul Vauthier, on la soupçonne peut-être plus facilement que si elle est Willie Scott, citoyenne américaine résidant au Mexique, vous ne croyez pas ?

Ils étaient d'accord avec lui. Lou leur raconta alors sa visite chez Blanche et la disparition subite de son mari.

– Tu penses qu'il a quelque chose à se reprocher ? demanda Stanislas. Pourtant, le jour du meurtre, Blaise Rafale ignorait sûrement que Raoul Vauthier était le père de Blanche et qu'il l'avait choisie comme unique héritière… Et puis, quel rôle W. Scott jouerait-elle dans cette histoire ? Parce que je suis persuadé que sa présence au bar du *Majestic* n'est pas le fruit du hasard.

– Tu as raison, approuva Lou. Dis, le vent s'est levé. Si on allait faire du cerf-volant, ça nous aiderait à réfléchir ?

– Bonne idée ! s'exclama Stan. J'ai le cerveau en ébullition.

Resté seul dans la boutique, Constantin se laissa tomber dans son fauteuil à bascule. Lui aussi avait besoin de rassembler ses idées. Il ferma les yeux et, bientôt, se mit à penser au roman fétiche de son enfance, *Le Trésor des Mayas.* Il était sûr de l'avoir conservé. Le livre devait se trouver quelque part sur l'une des étagères de la bibliothèque du *Samovar.* Probablement sur le dernier rayonnage pour éviter qu'un client trop curieux ne demande à l'acheter.

Il grimpa sur la petite échelle de bois sombre et le trouva effectivement tout au bout de l'étagère. Il l'approcha de son visage et flaira l'odeur de vieux papier. Une image lui remonta à la mémoire. Il se vit en train de lire assis sur les genoux de sa mère, dans la grande isba près du lac où la famille passait ses vacances d'été. Il eut soudain une terrible nostalgie de son enfance. Il avait été un enfant heureux là-bas, en Russie.

Sans prendre le temps de redescendre, il commença à feuilleter l'ouvrage. Il s'attarda sur les illustrations dont certaines lui semblèrent agréablement familières. Tout à coup, l'une d'elles attira son attention. On y voyait un Indien marchant dans la jungle mexicaine.

Constantin descendit de son échelle et prit les lunettes qu'il gardait dans le tiroir de son comptoir pour mieux en observer les détails. Ce qu'il découvrit suspendu autour du cou de l'Indien lui donna des frissons. C'était le même bijou doré en forme de serpent que Willie Scott portait. Il chercha le passage du livre se rapportant à l'illustration et finit par le trouver.

Il le lut à mi-voix :

Zapotal marchait, louvoyant entre les arbres immenses de la jungle mexicaine. Il faisait sombre et l'air, chargé d'humidité, avait une odeur de feuilles macérées et de sous-bois presque écœurante. Parfois des cris d'animaux transperçaient le silence de la forêt, Zapotal ralentissait alors l'allure et dressait l'oreille, aux aguets.

Soudain, un froissement de feuilles attira son attention. Il leva les yeux, se figea et, lentement, dévissa le petit serpent creux suspendu à son cou. Il en retira une aiguille et la glissa dans la partie supérieure du serpent qu'il porta à sa bouche. Puis, avec force, il souffla dedans. L'aiguille sortit du pendentif et vint se planter dans le corps d'un quetzal aux plumes émeraude perché dans un arbre. L'oiseau tomba à terre, mort. Zapotal ramassa son cadavre et le glissa avec satisfaction dans sa besace de laine tissée.

Constantin referma *Le Trésor des Mayas* et retira ses lunettes qu'il posa doucement sur le comptoir. Willie Scott possédait l'arme du crime idéale : aiguille et sarbacane intégrées, le tout discret et élégant ! Il commençait à comprendre ce qui avait pu se passer ce fameux samedi après-midi au bar du *Majestic.*

Bar du Majestic

Lundi 19 décembre, 17 h 30

Constantin avait demandé au lieutenant Leduc de réunir tous les témoins au bar. Antoine de Beaupied, Ingrid Vauthier, Pierre Josse, Fredo Rapo, Willie Scott, Blanche Rafale avaient répondu à l'appel, de gré ou de force. On comptait un seul absent : Blaise Rafale, toujours en fuite depuis le vendredi 16… Les yeux de Blanche étaient d'ailleurs bien rouges. Le lieutenant Paul Leduc et les brigadiers Morel et Couturier étaient présents, ainsi que les trois détectives du *Samovar.*

Constantin frappa dans ses mains, exigeant le silence.

– Nous allons tenter de reconstituer les faits, tels qu'ils se sont produits le samedi 10 décembre, dit-il de sa grosse voix qui roulait les « r ». Le brigadier Morel jouera le rôle de Raoul Vauthier, le brigadier Couturier celui de Blaise Rafale.

Guidés par Constantin, les témoins se mirent à boire, parler, aller aux toilettes, se regarder, régler leurs consommations, faire mine de se lever pour partir… Ils avaient cependant du mal à se souvenir de leurs gestes et du moment où ils les avaient accomplis. Mais Constantin Pitakof s'en fichait bien. Ce n'était pas la réalité qu'il cherchait, c'était la tension. Il voulait que les témoins transpirent, s'épient, se soupçonnent, s'inquiètent. Et lentement, la tension nerveuse commença effectivement à se lire sur les bouches crispées, les mains cachées sous les tables, les regards tantôt fixes, tantôt fuyants.

On entendit les premiers ricanements, on vit les premiers signes d'inquiétude. Coupables ou non, à présent, ils avaient tous peur.

Au bout d'un moment, Constantin s'approcha de Willie Scott et tenta de dévisser le petit pendentif en forme de serpent qu'elle portait autour du cou. L'expression de stupeur et de terreur qui se lut aussitôt sur le visage de la femme n'échappa à personne. Elle posa sa main sur le pendentif et tenta de l'arracher.

– Ne faites pas cela, vous en aurez besoin, lui dit Constantin.

Il lui demanda alors d'ôter le petit serpent. À la stupéfaction de l'assemblée, elle obéit tel un automate.

– Sortez maintenant l'aiguille qui se trouve à l'intérieur et…

Il n'eut pas le temps de continuer. Willie Scott s'était levée raide et droite comme une statue et marchait d'un pas mécanique vers la sortie. Pierre Josse, qui avait une excellente oreille, fut le seul à l'entendre lorsqu'elle murmura :

– Je l'ai tué parce qu'il valait moins qu'un quetzal…

Elle ne fit pas deux mètres que le brigadier Morel, sur un signe de Constantin, la rattrapa par le bras. Willie Scott ne chercha pas à fuir.

– Giroflée… soupira Pierre Josse.

– Vous l'avez reconnue ? lui demanda Lou.

– Seulement maintenant ! Le jour du crime, elle était enrhumée, ou nous l'a fait croire pour dissimuler sa véritable voix. Elle avait dû me voir et deviner que je risquais de la reconnaître à l'oreille. Dire que je la croyais morte, ajouta-t-il doucement. Mais pourquoi l'a-t-elle tué ? Je pensais qu'elle l'aimait !

– Parfois l'amour se transforme en haine… conclut Constantin qui les avait rejoints.

Le docteur Josse sortit la flûte de sa poche et joua quelques notes. Willie Scott se tourna vers lui. Sa musique était belle et triste. Sans cesser de jouer, il marcha lentement vers celle qui avait été le seul amour de sa vie.

Les larmes montèrent aux yeux de Giroflée. Elle se jeta dans les bras de Pierre qui lâcha sa flûte. Ils restèrent ainsi longtemps, blottis l'un contre l'autre, sans que personne, pas même Leduc, cherche à les séparer. À l'oreille de Pierre, Giroflée chuchota une longue histoire. Celle d'une vengeance.

La voici, telle que Lou la nota dans son carnet noir après que le docteur Josse la lui eut répétée.

C'était il y a 17 ans, un jour de juin, chaud et pluvieux. Giroflée avait entraîné Raoul

dans la jungle mexicaine. Elle savait qu'au milieu de l'enfer vert tropical, les Mayas avaient élevé des pyramides de pierre. Des archéologues en avaient déjà découvertes plusieurs quelques années auparavant, mais il restait encore beaucoup à explorer.
Les jeunes gens marchèrent longtemps à travers la forêt. Jusqu'au moment où, au pied d'un arbre, ils repérèrent une dalle de pierre gravée. Ils parvinrent à la déplacer et trouvèrent un escalier en colimaçon descendant sous la terre. Le cœur battant, ils l'empruntèrent. C'est ainsi que, dans les entrailles de la jungle, ils mirent au jour le tombeau du prêtre-roi Quetzal.
À l'intérieur de la sépulture était caché son stupéfiant trésor : un magnifique masque mortuaire en or, de très nombreux bijoux en pierres précieuses et des statues de jade et d'émeraude de Quetzalcóatl, le dieu Serpent à plumes.
Raoul Vauthier proposa de piller le sanctuaire mais Giroflée s'y opposa fermement. Puis ce fut pour elle le trou noir.
Quand elle se réveilla, environ un mois plus tard comme elle l'apprit par la suite, elle était couchée sur une natte de paille dans une cabane au milieu de la jungle. Des Indiens lui avaient sauvé la vie, l'arrachant à la mort grâce à leurs

remèdes secrets. Mais elle ne savait plus qui elle était, ni d'où elle venait, ni ce qui lui était arrivé. À son poignet était noué un bracelet en tissu sur lequel était brodé ce qu'elle pensa être son nom : Willie Scott.
Les Indiens continuèrent à la soigner jusqu'à ce qu'elle soit rétablie. Elle décida alors de rester avec eux dans la jungle. Pour elle, qui ne savait plus qui elle avait été, ils étaient désormais sa famille et sa raison de vivre.
Parfois, des archéologues venus d'Amérique ou d'Europe venaient fouiller et remuer la terre non loin du village de sa tribu. Willie les détestait : pour elle, c'étaient des destructeurs car, en creusant, ils ravageaient ce qui avait été.
Mais, il y avait de cela six mois, Willie avait eu un accident dans la forêt. Elle était grimpée dans un arbre, avait glissé et était tombée sur la tête. Elle s'était évanouie et, en revenant à elle, elle avait recouvré la mémoire. Elle sut qu'elle était l'archéologue Giroflée Silligipine. Willie Scott n'était en fait que le surnom que lui donnait Raoul, le nom de la petite amie d'Indiana Jones dans le film de Spielberg.
Elle retourna dans la forêt chercher le tombeau du prêtre-roi et le trouva vide et dévasté. La rage lui monta au cœur. Elle comprit que Raoul avait volé son contenu et que c'était pour cela qu'il

avait voulu la tuer. Le désir de vengeance envahit alors toutes ses pensées. Raoul Vauthier représentait à présent tout ce qu'elle haïssait. Elle décida de le retrouver coûte que coûte. Au cours de ses recherches, elle apprit qu'il allait donner une conférence à Port d'Amar. C'était l'endroit idéal pour leurs retrouvailles...

Épilogue

Le *Stockholm* accosta le samedi 24 décembre au matin. Ce jour-là, le soleil brillait sur Port d'Amar. Lou courut sur le quai pour accueillir ses parents. Ils la serrèrent dans leurs bras et lui dirent qu'elle leur avait horriblement manqué. Même si elle ne les croyait qu'à moitié, c'était quand même bon à entendre !

Alors qu'ils marchaient bras dessus bras dessous le long de l'embarcadère, une femme au visage de cheval et au manteau de loup s'avança vers Lou. Le sourire qui se dessinait sur son visage et le rayon de soleil qui balayait ses cheveux blonds rendaient sa laideur presque belle. Elle se pencha à l'oreille de Lou et murmura :

– Merci ! Et dites à votre oncle que je rentre chez moi. Mon père m'a retenu une place sur le *Stockholm.* Il m'attend avec impatience et peut-être un nouveau fiancé !

Lou lui fit un clin d'œil complice. Elle espéra qu'Olaf Jurgenson ferait un meilleur choix que la fois précédente et qu'Ingrid rencontrerait enfin le grand amour.

– Qui c'était ? demanda Véra, intriguée.

– Oh, la femme d'un client. Son mari est venu nous acheter un petit miroir.

Le père de Lou, qui tirait derrière lui le gros des bagages, s'arrêta un instant pour souffler. Il en profita pour jeter un coup d'œil au dessin qu'un jeune homme était en train d'exécuter. L'artiste, maigre et long, debout derrière son chevalet, s'appliquait à peindre une jeune femme qui posait en souriant devant la mer et les bateaux. Au passage, Lou leur fit un signe de la main, mais ils ne la virent même pas. C'est bien connu, l'amour rend aveugle.

Blaise Rafale n'avait plus à s'inquiéter, sa femme était innocente. Dire qu'il l'avait crue coupable ! Le jour où il avait appris qu'elle héritait de la fortune de son père, il s'était mis à penser que c'était elle l'assassin. Il avait décidé de fuir pour s'accuser car il ne voulait pas que sa Blanche chérie aille en prison. Il avait écrit une lettre à la police de Port d'Amar pour se dénoncer. Heureusement, à cause d'une grève des Postes, Leduc ne l'avait reçue que le lendemain de l'arrestation de Giroflée.

Les Kerval marchèrent jusqu'à la Maison Jaune. Poussant le portail du jardin, Véra se retourna vers sa fille.

– Tu ne t'es pas trop ennuyée tout de même ? demanda-t-elle avec un petit air coupable.

– Oh, un peu, maman, mentit Lou en baissant la tête.

– Ma pauvre chérie, c'est la dernière fois que nous te laissons, je te le promets, n'est-ce pas Jacques ?

M. Kerval et sa fille regardèrent Véra en souriant. Elle disait chaque fois cela en rentrant de croisière, mais ils finissaient toujours par repartir. Heureusement !

Constantin et Mme Rose les attendaient à la maison. Ils avaient allumé des bougies dans toutes les pièces bien qu'il fît encore tout à fait jour. Moby Dick, qui montait la garde par la fenêtre, annonça leur arrivée en bousculant la pile de *Jouvencia* posée sur la table du vestibule. Constantin avait pris en dépôt les trente cartons de la crème miracle pour les vendre dans son magasin. Avec les bénéfices, Giroflée pourrait s'offrir un bon avocat.

À l'instant où Lou et ses parents poussaient la porte de la Maison Jaune, le téléphone sonna. La jeune fille tendit le bras vers l'appareil, décrocha et reconnut aussitôt la voix de Stan.

– Je suis avec Grodeck, s'écria le garçon tout excité. Je lui ai demandé d'analyser la *Jouvencia*. Devine ce qu'il y a dedans ?

– Du venin de tarentule velue ! affirma Lou.

– Comment tu le sais ? s'exclama Stanislas, interloqué.

– Je ne le savais pas, j'ai dit ça au pif, pour rigoler…

– Ma vieille, t'es tombée en plein dans le mille. Le génie de l'affaire c'est que les Indiens ont réussi à neutraliser la molécule mortelle contenue dans le venin pour fabriquer un produit miracle pour la peau. Je parie que, cette fois, tu ne trouveras pas ce qu'ils ont utilisé pour y arriver.

– Vas-y !

– Du sang de quetzal. Tu te souviens de ce petit oiseau à plumes émeraude ? Tu te rends compte, un poison mortel qui se transforme en produit miracle par la magie d'une goutte de sang !

– Mon petit Stan, fit Lou avec un air de vieux sage, c'est souvent ça. La vie et la mort ne sont jamais si loin l'une de l'autre. Tout est une question de dosage.

– Ah ouais ?

– Ah ouais ! Allez, Stan, arrête de jouer les apprentis chimistes et viens vite à la Maison Jaune, Mme Rose nous a préparé une vatrouchka du tonnerre.

L'auteur

Marie Bertherat vit à Paris avec ses trois hamsters, ses deux enfants et son unique mari dans une espèce d'appartement-labyrinthe à deux escaliers tournants. Le rouge est sa couleur favorite, c'est pourquoi elle fait pousser des tomates en été, écrit des romans policiers le reste de l'année et, en toutes saisons, boit du sirop de grenadine. Elle aime les grands espaces avec des vaches, les vagues qui fouettent le sang et abhorre les foules en short aux mollets rouges.

Elle voyage à travers le monde entier, mais presque uniquement dans les guides touristiques qu'elle épluche comme des patates. Si elle vous invite à dîner, vous aurez sûrement droit à son caviar d'aubergine, une recette russe de sa grand-mère savoyarde (avec beaucoup d'ail qu'elle fait pousser à côté des tomates dans son jardin auvergnat).

Marie Bertherat a déjà écrit de nombreux ouvrages pour les éditions Albin Michel, Atlas, Bayard Jeunesse, Fleurus, Larousse, Milan et Le Seuil.

... Retrouvez nos trois détectives du Samovar dans :

Eaux mortelles

Le tout récent centre de recherches sur la vie sous-marine de la pointe du Perroquet est en deuil : sa fondatrice, la richissime Félicité Stapelton, a perdu la vie lors d'une sortie en mer. Une fausse manœuvre de navigation serait à l'origine du drame. Pourtant, dans l'esprit de Lou, Stanislas et Constantin, le doute subsiste : et si Félicité avait été assassinée ?...

L'affaire Cornelius

Barbara Cornelius, une comédienne à la retraite, rêve de remonter sur les planches le temps d'un été. À l'occasion de ses 80 ans, elle réunit tous les membres de sa famille dans son château, pour monter une pièce où elle tient le premier rôle, celui d'un personnage qui se suicide au dernier acte. Pendant une répétition de la scène finale, l'actrice s'effondre... et elle ne joue pas la comédie !

Vous pourrez lire aussi aux éditions Fleurus :

La collection Tessa et Lomfor

La chute du royaume d'Emeryn prive la jeune princesse Tessa de ses parents et marque, pour elle et ses sujets, le début d'un long exil. Guidés par Ôk le sage dragon et Larania la magicienne, ceux qui désormais se surnomment les Voyageurs partent en quête d'une terre nouvelle où s'installer. Dans leurs rangs, Tessa apprend à connaître son peuple pour pouvoir un jour le gouverner. Lomfor, le guerrier barbare, met sa hache fabuleuse au service de la princesse et des siens. Mais la route est longue et semée d'embûches. Face aux Gobelins, Trolls, et autres araignées monstrueuses, Tessa, Lomfor, Rhâakzi le Nain, le chevalier Brunhof, Elmin le druide et tous les Voyageurs devront puiser leur force dans la solidarité qui les unit.

Le Rivage des Gobelins

Après avoir erré deux années sur les mers, les rescapés du royaume accostent une plage paradisiaque et apparemment déserte. Mais les Voyageurs ne se doutent pas que derrière les dunes rôdent Gobelins et corbeaux géants.

Ceux-ci réservent aux arrivants un accueil qu'ils ne sont pas près d'oublier…

Le Lac des Sans-Âme

Malgré la faim, la pluie et le froid, le convoi des Voyageurs continue son périple à travers le Nouveau Continent. Dans un paysage désolé, ils rencontrent un groupe de pèlerins qui leur proposent de les guider vers un lac magnifique aux rivages verdoyants. Bientôt l'espoir renaît et les cœurs se font plus légers. Mais la princesse ne va pas tarder à découvrir que sous le lac se terre une créature inquiétante…

La Forêt des Ombres

Dans la paisible plaine d'Archst, la guerre gronde. Les Voyageurs doivent renoncer à s'installer sur ces terres idylliques et sont contraints de poursuivre leur route. Mais sur leur chemin se dresse l'immense et effrayante Forêt des Ombres, peuplée d'êtres vivants qui n'ont rien d'humain et d'êtres humains qui n'ont rien de vivant…

La collection L'azImut

Autour d'une même passion, six histoires courtes à dévorer !
Pour multiplier les plaisirs de lecture, chaque récit est écrit sur un mode narratif différent. Six genres sont rassemblés dans un même titre : humour, sentiments, policier, histoire vécue ou fait divers, frissons ou fantastique, et science-fiction.

30 titres déjà parus : *Archéologie, Sports de mer, Équitation, Danse, Chevaliers…*

Direction éditoriale : Christophe Savouré
Direction artistique : Danielle Capellazzi

Dépôt légal : septembre 2003
ISBN : 2-215-05240-6
Composition : Tournai Graphic
Achevé d'imprimer en janvier 2005
Imprimé en Italie
N° édition : 92442
Loi n° 49-956 du 16 juillet 1949 sur les publications
destinées à la jeunesse.